—— Il faut, dans nos temps modernes, avoir de l'esprit européen.

De l'Allemagne

はじめに――政治と女性とヨーロッパをめぐるいくつかの問題提起

ヨーロッパは「民主主義」のモデルだろうか？

女性の社会進出と政治参加をともなわぬ民主主義はありえないという大前提に立つことにしよう。国家元首の選出、国政選挙、国会での討論、社会・経済的格差を是正する努力、公共放送の報道の質……。日々、海外のニュースを見ながら考える。やはりヨーロッパ・モデルにはそれなりの説得力がある。とりわけ女性たちの活動のめざましさはどうだろう。この文章を書き始めた二〇一七年夏の時点で見るなら、メイ首相とメルケル首相の英独はもとよりとして、ＩＭＦ専務理事ラガルド、ＥＵの外務安全保障政策上級代表モッゲリーニ、ドイツ国防相フォン・デア・ライエン、スペイン副首相サエンス・デ・サンタマリア、スコットランド自治政府首相ニコラ・スタージョンなどが圧倒的な存在感を示している。メディアの露出度は少ないけれどノルウェーの首相もリトアニアの大統領も女性だし、フランスのマクロン新政権は内閣の女性比率がちょうど半数で、いわゆる「男女同数《パリテ》」が達成されている。

かりに世界各国の国会における女性議員比率を「解放」の目安とするなら、トップはアフリカ内陸ルワンダの五七・五〇パーセントで、五位までは昔風にいえば「第三世界」の諸国、六位以下にスウェーデンなど北欧の国々が四〇パーセント台で並ぶ（日本は一一・六パーセント）。十九世紀から二十世紀にかけて、ヨーロッパが植民地化した地球上の広大な地域の人びとが、第二次世界大戦後に独立を求め、国民国家としての基盤が整わぬまま、熾烈な民族紛争に突入した。ルワンダでは男たちが殺しあいで死んでしまったから、遺された女たちが政治も経済も担うようになったというだけのこと。女性の潜在的能力が証明されたのは結構だとしても、数字だけを根拠に民主的モデルにふさわしいケースと称えるわけにはゆくまい。アフリカ大陸を帝国主義の支配下においたヨーロッパの歴史的な役割は、ひと言でいえばきわめて不名誉なものであり、隣接する地中海やイスラーム圏についても、遠く離れたカリブ海やアジア太平洋地域についても、同じことがいえる。ほかならぬわが国が、そのアジア太平洋地域においてヨーロッパの植民地主義を臆面もなく模倣したことも、ここで想起しておかねばならない。

おびただしい数の難民が死の危険を冒して地中海をわたる劇的な現象ひとつとっても、ヨーロッパはヨーロッパの外部に対し長く蓄積した負い目があることを思わずにはいられない。一方で、かりに世界史における近代の起点のひとつがフランス革命にあるとして、その後二世紀を越える時の流れが民主主義を確立するための模範的な道程を示しているのかと問えば、そうとも断定できないという事情がある。国民が主権者である国民国家の建設をめざしたヨーロッパの国々が、それぞれの国民的アイデンティティに包摂されぬ永遠の他者として少数民族を排除してしまったこと、ついには生存権さえ保障されぬ集団を強制収容所に隔離して、着々と大量に抹殺してしまったことは、ハンナ・アレントが力強く描きだしている。じつのところ「反ユダヤ主義」も「帝国主義」も、そして「全体主義」も、ヨーロッパの国民国家の内部において、必然的な諸要素の遭遇によって懐胎され成長した不可分の原理なのだという主張に、わたしは説得されている（『全体主義の起源』一九五一年）。当然のことながら、わたしのヨーロッパへの共感は、曖昧な陰影をはらんだものであるとお断りしておこう。

スタール夫人とアレント

スタール夫人のことを語るといいながらアレントを召喚するとは、浅学ゆえの暴挙ではないかといわれるかもしれないが、二十世紀が産んだ偉大な政治理論を手掛かりにスタール夫人の体験を読み説くことに、わたしは確かな手応えを感じているのである。ギリシャ・ローマの古典の素養を身につけたうえで、同時代のヨーロッパとアメリカを視野に入れ、至近距離から堂々と政治や革命や戦争を論じた女性は、ハンナ・アレント以前には人類の歴史に一人としていない——そう考えておられる方は多いのではないか。この書物は、そうした歴史的展望へのささやかな反証となることもめざしている。

アンシャン・レジーム、革命、ナポレオン帝政、そして王政復古までを生きぬいたスタール夫人は一七六六年の生まれ。フランスが代議制による統治を模索した時期の第一世代に当たる。対する一九〇六年生まれのアレントは、代議制民主主義の模範とみなされたヴァイマル共和国でナチズムが誕生するのを目の当たりにした世代。第二次世界大戦のさなか、一九四一年にアメリカに亡命し、英語を習得して『全体主義の起源』を書いた。スタール夫人が国民国家の生成に立ち会ったとすれば、アレントは国民国家の破綻に遭遇したといえる。

スタール夫人は父ネッケルに対し恋人のような愛情をいだいていたといわれるが、イギリスの立憲王制を理想としたその父は、細やかな配慮によって幼い娘の知性を育んだ。ルイ十六世の大臣としての経験とその後の思索のすべてが父から娘に相続された。ネッケル夫妻の名高いサロンで長じた娘は、フランス革命が勃発する前後には、アメリカ独立革命に二十歳の若さで参戦した経験をもつラ・ファイエットなど自由主義的な青年貴族たちと政治の昂揚を分かちあい、国民公会の恐怖政治が終結したときに、バンジャマン・コンスタンという知的パートナーを得てパリに帰還した。ハンナ・アレントは学生時代に師でもあり恋人でもあったハイデガーに才能を見込まれて、ヤスパースと篤い信頼関係をきずき、夫ブリュッヒャーとは日々の対話を欠かさなかった。「共に考える伴侶」thinking partner との口語的なやりとりのなかで育《はぐく》まれた普遍的な視野と柔軟な知性という特質は二人に共通するものであり、奇蹟的な例外として無縁なままに放置するのはいかにも惜しい。

二〇一七年はスタール夫人の歿後二〇〇年。文学の殿堂と称される革表紙のプレイアード叢書に文学史的な意味での代表作がおさめられ、初めての学問的な校訂版全集では、政治論の既刊二冊とならぶ歴史の巻『フランス革命の主要な出来事についての考察』(以下『フランス革命についての考察』と表記）が上梓され、一九五〇年代から編纂が始まった書簡集が半世紀以上の紆余曲折を経て一応の完結を見た。つまり、初めてその人の全貌を目にすることができるようになったのである。

一九八〇年代から隆盛を見たフランス自由主義研究のなかで、ネッケルやコンスタンの政治思想が注目を浴びるようになり、これに付随して、古色蒼然たる恋愛小説の作家というスタール夫人の相貌も一変した。アカデミックな成果にひと言ふれるなら、政治学の領域ではマルセル・ゴーシェ、ピエール・ロザンヴァロン、リュシアン・ジョーム、歴史学ではジャック・ゴデショ、ブロニスラフ・バチコ、わが国では社会思想史の安藤隆穂氏などが、ネッケル、スタール夫人、コンスタンの存在感を同等とみなし、自由主義的潮流の淵源という特権的な場に位置づけている。

「民主主義」という語彙

スタール夫人は女だてらに天下国家を論じ、ナポレオンを脅《おびや》かしたほどの人物なのである。一筆書きのようにわかりやすい肖像を描けるはずもないのだが、それにしても一般読者向きの叢書なのだから一工夫ほしい。ということで、今回は回想録としても読める『フランス革命についての考察』を基本文献として、サロンとは何か、そこでの男女の交流はいかなるものであったのかを素描することにした。その構想について述べる前にひと言——文学研究の道をあゆんできた者として、語彙の問題はおろそかにできない。スタール夫人が今日的な意味で「女性解放のロール・モデル」であることに疑問の余地はないのだが、「民主主義」という語彙については、歴史の文脈を考慮に入れる必要がある。国民公会の時代に「民主主義」を旗印にした陣営が所有権を否定して、もたざる者の権利こそが神聖なのだという原理を掲げ、恐怖政治を行ったことがあり、その後「デモクラシー」というフランス語には長きにわたり負のイメージがつきまとうことになる。当時パリを脱出してロンドンに滞在していたスタール夫人は、保守的な社交界で平然と一七八九年の革命を賛美して「この上なく過激で隠謀好きの民主主義者でテームズ河に火をつけかねない女」という評判をとったといわれるが、ここでも「民主主義者」という語彙からはきな臭い匂いが漂ってくる。

そうした同時代的な用法にスタール夫人が囚われていたといいたいわけではないし、同じ語彙の肯定的な用例がないわけではない。スタール夫人は哲学者というよりは思想家であり、それ以上に政治家の娘だった。古代ギリシャの直接民主政をモデルに今日の大国が民主的な統治の制度を構築できるのか、コンスタンと共に真剣に考え抜いた。その一方で、政治思想としての首尾一貫性よりは、今生きる世界で相対的な自由と平和を実現するための具体的な方策を提案することにこだわった。スタール夫人とコンスタンはそれぞれに思想的な変節を問われることが少なくないのだが、わたしはむしろ、状況の劇的な変化に応えようとする柔軟な知性の誠実さをそこに認めたい。書斎の静寂につつまれて思索と瞑想に一生を捧げる者たちとは異なって、彼らは怒涛のような革命と独裁に翻弄されながら共に考えたのである。

スタール夫人の遺著となった『フランス革命についての考察』は、四半世紀にわたり国の内外で敵対してきた諸勢力の宥和を図り、かろうじて成立したブルボン家の復古王政をイギリス型の立憲君主制によって安定させることこそが、喫緊の課題だという確信にみちている。著者の主張するところによれば、統治の制度のなかに政治権力としての「君主政」と「貴族政」と「民主政」は共存しうる。それというのも「執行権」を担うのが君主であるとすれば、貴族は実現された価値を「保守」する者であり、民主勢力は「革新」をもたらすからである。ただし、第四の勢力として宗教が制度に導入されることは避けなければならない。さもないと、理性が公共の利益のみを配慮すべき場に、神秘的な権威が介入することになるであろうから（CR 154）。貴族院と庶民院からなる英国議会の二院制を念頭に置き、政教分離を主張する晩年のスタール夫人の見解が、凝縮された断章といえるだろう。ダイナミックな展望と語彙の繊細な運用という意味でも範としたい。

ともあれ「民主主義」は、当面どこか胡乱《うろん》な言葉だった。そこで関連する用語をさがすなら、ネッケルとスタール夫人が共有したキーワードは「公開性」publicité と「世論」opinion publique ——前者は「公共性」とも訳せるが、後者は形容詞抜きの「オピニオン」でも同じ含意でつかわれる。さらにスタール夫人とコンスタンが共有したキーワードは「自由」と「個人」。一対の語彙はそれぞれに不可分の政治的理念を構成し、いまだそうとは名指されぬ「民主主義」の要諦をなす——本書では論じきれぬ課題ではあるけれど、とりあえず、そう要約しておこう。

サロンは「公共圏」か？

さて「目次」にも示唆されているように、描きだすべきは「サロンの会話」である。十八世紀の

「サロンやカフェ」は創造されつつある「公共圏」の典型であり、参集した人びとが自由に政治を語り「世論＝公論」が形成されることにより、アンシャン・レジームの崩壊が準備された、と説明されることは少なくない。しばしば典拠とされるハーバーマスの議論は、さほど単純なものではなさそうだけれど、それは脇へ措くとして、自分でもしばしば依拠する概念でありながら、「公共圏」と「親密圏」という二項対立的な概念操作に微妙な齟齬の感覚を覚えることは少なくない。「公」と「私」の分割自体が問題なのではない。そうではなく「公共圏＝政治＝男性」vs.「親密圏＝家庭＝女性」という隠然たる分類が透けて見え、その論理構造に取りこまれてしまうことが危惧されるからである。

　サロンを主宰する女性を職業人とみなして「サロニエール」と呼ぶようになったのは、ごく最近のことだが、そのサロニエールになったつもりで、日々の生活を想像してみよう。場所は私邸の豪華な客間。家具の配置や接待のマナーはもとより、お茶にするかディナーにするか、招待する客の人数や、常連以外の客を含むその日の顔ぶれも、わたしが決める。ときおり思いがけぬ大物の作家や政治家を招いて話題をつくることも大切であり、とりわけ全員が快く会話に参加するよう、それとなく気配りすることは、洗練されたサロンの条件のひとつ――なのに、わたしのサロンが、開かれて中立的な「公共空間」なのですか？　パレ・ロワイヤルの中庭に面したカフェのテラスが、不特定多数の男性の交流の場であって、革命的世論の温床となったという話はわかる。でも、あの怪しげな界隈で気儘にぶらぶらしているのは、シロウトの女性ではありませんよ。外出するときには男性同伴か馬車というのが、革命後も第二帝政末期までは、まっとうな未婚・既婚の女性に課された社会の掟だった。これが「親密圏＝家庭＝女性」という標語の意味するところです――と思わず切口上になってしまったが、要するに「サロンとカフェ」を無造作に括り「公共圏」の範疇に入れるという雑駁な発想は、男性の体験、男性の世界観にもとづいている。この批判的な違和感を大切にしたいとわたしは考えている。

「サロン」salonという言葉は、もともと広壮な邸宅の応接用の一角を指す日常的な語彙であり、人間的な交流という意味で、つまり十八世紀の新しい「ソシアビリテ」sociabilitéの様式を暗示する語彙としてつかわれたのは、世紀末の一七九四年が初出であるという。それゆえ「啓蒙のサロン」という表現は誤解を招くと杓子定規に批判することもできるけれど、現象が先立ち、事後的に語彙が定着するのは、じつはよくある話ともいえる。場所なのか、それとも人間関係なのか。肝心なところで混乱が起きるのは、誰でもタイトルだけは知っているハーバーマス『公共圏』の仏訳espace publicが、広場や公会堂のような人待ち顔の公共空間を想起させるからかもしれない。付言するならハンナ・アレント『人間の条件』（一八五八年）における「公的領域」public realmと「私的領域」private realmという対立も、特定の空間が備える本質を定義するための概念ではないと思われる。

「ソシエテ」とは何か？

人間的な交流という意味での「サロン」の用法が徐々に定着してゆくにあたっては、スタール夫人の貢献が大きかったといわれるが、それ以前、そもそも「サロン」と呼ばれなかった時代の用語は何であったのか？　スタール夫人が好んでつかうのは「ソシエテ」société という言葉。意味がやせ細るのを承知で訳すなら「社会」である。ここでアレント『人間の条件』を参照することになるのだが、当面は考察の道具立てを借りようというだけのことだから、なるべく簡潔に。よく知られているように、アレントは人間の「活動的生活」vita activa を三つの基本的な枠組みに分類する（一九～二〇、7-8）。すなわち「労働」labor と「仕事」work と「活動」action というわけだが、まず「労働」は人間の生命を維持するために不可欠な事柄を指し、対する「仕事」は人為的に世界に付加されるものを指す。志水速雄訳・ちくま学芸文庫の「訳者解説」にも紹介されているエピソードだからご存じの方も多いだろうが、インタビューで訳者に二つの概念を分かつ根拠は？　と問われたアレントは「労働」は台所でオムレツをつくること、「仕事」はタイプライター、と答えたという。なんて洒落たメタファーだろう！　と感心するのは一瞬にとどめ、三つの枠組みのなかで、とりわけ積極的な意味を与えられているらしい「活動」とは何かを考えよう。それは事物とかかわることなく直接に人と人のあいだで実践されるものであり、「言論《スピーチ》」なき「活動」はありえない。人間は複数で生きる社会的な存在であり、「活動」によって初めて自分が唯一無二の存在であると示すことができる。そのような「活動」は「自分自身を人間世界の中に挿入する」ことにほかならず、「第二の誕生」に似ているという（二八七〜二八八、176）。

お察しのように、わたしはパリの「ソシエテ」の全盛期を生きぬいたスタール夫人の体験を「言論《スピーチ》」と「活動《アクション》」という側面から捉えてみたいと思っているのである。アレントの用語によるなら、スタール夫人は肉体的な「労働」からは解放されており、原稿を書いて作品（物としてのwork）を産むことは「仕事」の範疇とみなされる（二六五〜二六六）。一方で、個人的な執着、投入したエネルギー、体験の豊かさという意味で、おそらく「活動」こそが、スタール夫人の人生における特権的な枠組みであり、その事実が膨大な量の「仕事」を活気づけてもいたのだろうと思われる。ナポレオンによってパリから追放されたとき、スタール夫人はこれを「ソシエテ」に参入する基本的な権利の剥奪と捉え、よくある叙情的な郷愁とは異質な実存的不安、本人にいわせれば死に匹敵する苦痛を覚えていた。アレントの「第二の誕生」という表現に呼応する、とてつもなく重い何かがここにある。

「精神」としてのヨーロッパ

ジェルメーヌ・ネッケルはパリで生まれ育ったが、両親はスイス人。代々プロテスタントの家系だったから、信仰が同じという条件が決め手となってスウェーデンの外交官スタール男爵と結婚した。レマン湖の畔にある名高いコペの城館は、ネッケルが家族の保養のために購入したものであり、先祖ゆかりの地ではない。父の死後、スタール夫人がここで亡命生活を送り、やがて反ナポレオンと自由主義の思想的拠点とみなされるようになる。じじつ英仏の協調を基盤とするネッケルとスタール夫人の宥和的ヨーロッパ構想は、ナポレオンの覇権的ヨーロッパ構想と正面から対立した。これが本書の考察すべき主題のひとつだが、ヨーロッパ的な価値とは何か、いかなる政治的・文化的紐帯が国家と地域の安寧と繁栄ともたらすかという議論は、EUの危機がささやかれる今日、たとえばリュシアン・ジョームなどが歴史的な考察をとおして提起するアクチュアルな問題ともなっている。

言い換えれば「ヨーロッパ」は地理的な対象というより、むしろ「ヨーロッパの精神」のようなものとして想定されている。ここでいう「精神」とは、これもスタール夫人的なキーワード「エスプリ」esprit であって、シャトーブリアンやポール・ヴァレリーの用語である「ジェニー」génie とは一線を画す。「精髄」あるいは「天才」と訳されることもある「ジェニー」が、カトリックやヨーロッパ諸国が特段にすぐれた本質をもつことを前提としているかのようであるのに対し、スタール夫人の称える「エスプリ」は、たとえばサロンの会話など、実践的な活動のなかにふと顕現する精神のありようのようなものではないか。これも本書で追い追い考えることにしたい。

女性の姓と名

前置きが長くなったが、さらにもう一点。「スタール夫人」と「ハンナ・アレント」という呼び名の並列に違和感を覚える繊細な読者が、現代の日本にどれくらいいるだろう。これはわたしが執拗に蒸し返す問題なのだけれど、既婚婦人の呼び方は、親密圏ではファースト・ネーム、公共圏では○○夫人という方式がごく最近まで鉄則だった（未婚の女性の場合、父の姓とファースト・ネームとのあいだに葛藤はない。またハンナ・アレントのように結婚しても公共の場では旧姓で通すという選択は、欧米では自然なものとなっている）。要するに本書の主役である女性は、実生活において、ジェルメーヌ・ド・スタールと名指されることはなかったはずであり、手紙や著作にも洗礼名と夫の姓を直接につなげたフルネームの署名は存在しない。さらに、今日「アレント」がハンナ本人を同定するような具合に「スタール」がジェルメーヌを指すことは、絶対にあり得なかった。奇妙に思われるだろうか？

その背景には、既婚女性は公共圏において夫に従う妻（＝○○夫人）として認知されるだけであり、そもそも女性と子供は法的にも独立した人格とはみなされなかったという歴史の事実がある。今日もつづく女性の姓名をめぐる法制度や慣習の不均衡には、こうした性差別の力学がからんでいる。そのことへの反省から、昨今は政治学の論文などでは、「コンスタンとスタール」という具合に性差のマークを消して表記することが多い。著作権者の記号としては、混同さえなければ「スタール」で充分だろうとわたしも思う。しかし性差のマークを消せば、歴史的な差別の構造が解消されるというほど画期的な決断ではないことも明らかだろう。姓と名をめぐる性差の歪《ひず》みは、男性の体験、男性の世界観が見落としてきた重大な問題のひとつなのである。

わたしとしては本人の体験した呼称を尊重し、これまで同様「スタール夫人」と呼ぶことにしたい。本書のアプローチは大枠として文化史的なものではあるけれど、当事者がいかなる言語的環境に生きたかという問題は、ほかならぬ文学の考察すべき事柄なのである。わたしは文学的な想像力によって、スタール夫人の人生に寄り添ってみたいと考える。女性の体験、女性の世界観にもとづいて、存分に政治を語った例外的な女性が二世紀前のフランスにいた――その事実だけでも感動的ではないか。

目次

第1幕　アンシャン・レジームのサロン

——女たちの声

どのような文化的環境で、ジェルメーヌの幸福な少女時代は過ぎていったのか。物心ついたころから自宅のサロンでは、新旧両大陸の主要な政治的出来事が身近な関心事として語られていた。父ジャック・ネッケルは「世論の政治家」として頭角をあらわした人物で、まれにみる子煩悩。母シュザンヌはやや堅苦しいけれど豊かな教養をもち、格調高いサロンのマナーとエスプリを完璧に身につけていた。

サロンを語らずしてフランスの「国民性」は理解できないという説がある。たしかに十七世紀末の『クレーヴの奥方』から二十世紀初頭の『失われた時を求めて』まで、サロンを舞台とした文学作品の豊饒さを思い浮かべることはたやすいが、それはおそらく現象の一面でしかないだろう。まずは名高い啓蒙サロンの社交風景を、可能なかぎり具体的に思い描いてみることにしよう。十八世紀パリの政治や文化、その「ソシアビリテ」を特徴づけるサロンの活動とは何か？ どのような人びとが、どのような空間で、何を語っていたのだろう？ 飲食の習慣は？ 好まれた娯楽は？ いったい何が「サロニエール」（主宰者の女性）の腕の見せ所だったのか？ いずこにも「公共空間」という中立的なイメージにはそぐわない、親密で個性的な人びとの交わりがあった。

ロンドンで国会を見学する十歳の少女

つぶらな黒い瞳の利発そうな少女が、英国下院の傍聴席から議場を見下ろしている。傍らにいる父親は、おでこと顎が長くて好人物という印象、丸みを帯びた体から発散されているのは貴族の洗練ではなくエリート市民層の活力である。金髪碧眼の母親は繊細な風情で衣装もすっきりしており、とりあえず美人といえる。親子三人は自分が場違いな存在かもしれないなどとは考えず、それぞれのやり方で議事堂風景を観察しているらしい。

ジャック・ネッケルの一家がドーヴァー海峡を渡ってイギリスの港に着いたのは一七七六年四月十六日、観劇や社交で盛り沢山のロンドン滞在を満喫してパリにもどったのは、六月二日。その間に、ルイ十六世は財務総監テュルゴを罷免しており、多少の紆余曲折はあったものの、この年の末にネッケルは「国庫長官」という新設のポストに迎えられ、実質的にテュルゴの後継者となった。物見遊山の家族旅行と見えたものは、国王側近の大貴族やパリのサロンを足場とする改革派諸勢力の主導権争いからしばし身を引いておこうという周到な配慮に促された行動だったのかもしれない。

黒い瞳の少女は四十年後に『フランス革命についての考察』のなかでこう述べる。

ネッケル氏は大臣に任命される少し前に英国を訪れた。そしてこの国の諸制度の大方に対す

図1－1　ジェルメーヌ・ネッケル（メダイヨン）

る深い敬意の念を持ち帰ったのである。とりわけ彼が学びとったのは、公開性が信用に及ぼす絶大な影響力であり、国家の財源を支え、あるいは潤す手段として、代表制議会が計り知れぬ威力をもつという事実だった。(CR 55-56)

フランス革命の勃発まで十三年。スタール夫人はアングロサクソンの先例に学ぶ近代的な行政の専門家として父を回顧する。「代表制議会」により公正な課税が可能になり国家財政の健全化を図ることができるという指摘が、アメリカ独立革命の「代表なくして課税なし」という主張に呼応していることはいうまでもない。一七七六年の春、新旧の大陸はひとつのドラマを生きていた。アメリカで独立戦争が前年の春に勃発し、この年の初め、トマス・ペインの政治パンフレット『コモン・センス』が出版され飛ぶように売れた。そして七月四日「アメリカ独立宣言」が採択され、十三州の独立が宣言される。旧大陸の大国が植民地を争奪して一七六三年に終結した七年戦争のため、国庫が逼迫しているという状況は英仏に共通していたが、フランスではアメリカの独立派を支援しようという機運が高まって、一七七八年には米仏の同盟が成立する。こうした流れのなかで、ネッケルが戦費を捻出する手腕を見込まれて抜擢されるという筋書きは、この時点であるていど整っていたものと推測される。

ネッケル家の人びとが見学した下院の議場で何が議題になっていたかは知るよしもないけれど、どのような議場であったかは想像できる。ご存じのように今日でもイギリス庶民院の空間は顕著な個性をもっている。モスグリーンの革張りのベンチに、首相や閣僚を含め議員たちが体が触れ合うほどにぎっしり座る。IT化された国際会議場のようなドイツ連邦議会と異なり、デスクトップはおろかデスクすら見当たらない。明らかに英国議会の栄光ある伝統そのものが、この象徴的な空間で日々演出されているのである。現在の議事堂は一八三四年に火災で焼失した建物を再建したものだが、全体がフラットで、与党と野党が対面し、議長席は中央にあるという基本構造は昔と同じ。ついでながら日本の衆議院本会議場は議長席がやたらと高く、その上に天皇の御座所がある。高さが権威の象徴であることはいうまでもない。フランスは一七九五年に総裁政府が成立して以来、ブルボン宮殿に国民議会を置いている。共和国はアンシャン・レジームの絢爛豪華な遺産も継承したのである。

図1－2は二十四歳という若さで首相に就任した小ピットが庶民院で演説を行っているところ。タイトルの一七九三～一七九四年という年代は、フランスで革命が歯止めなく急進化した時期であることを告げている。空間の「公開性」を読みとるために、やや理想化された一七四〇年の資料も参照してみよう（図1－3）。中央には誇張された感じの厳めしい玉座、議場は当時は自由席で「庶民」の代表たちはてんでに陣取ったものらしい。そして傍聴席には鈴なりの人。まさに公共的《パブリック》なものとしての政治を象徴する図版である。

黒い瞳の少女は、この傍聴席から一七七六年に議場を見下ろしていたわけだが、一七九三～一七九四年の議場風景を眺めたついでに登場人物との浅からぬ縁を語っておこう。小ピットは一七八三年に首相となって一八〇六年に他界するまで、二度にわたり長く政権の座にあった。革命の輸出と領土拡大をねらうフランス共和国、大陸の覇権を握るナポレオン帝国と対立し、ヨーロッパ諸国を糾合して対仏大同盟を結成した。それよりも以前、娘の結婚相手をさがしていたネッケル夫妻が、このプロテスタントの少壮政治家に白羽の矢を立てたことがある。当事者どうしの出遭いまでは漕ぎつけたらしいが婚約は成立しなかった。娘がスタール夫人となって最初に発表した本格的な政治パンフレットが『ピット氏とフランス人に宛てた平和についての省察』(一七九四年)であることも書き添えておこう。『フランス革命についての考察』には、小ピットとその政治的ライヴァルであるフォックスについて、さらにはフォックスと袂を分かった保守の論客エドマンド・バークについて、公正かつ好意的で私情を交えぬ論評が記されている。

同じく『フランス革命についての考察』の、バスティーユ占領後の「憲法制定議会」を解説する章に、英仏の「議論」の様式を比較して「イギリスの議会では演説の朗読は禁じられている」との指摘がある(CR 207)。なるほど図版でもピット氏は正面の至近距離にいる議員(おそらくフォックス)を直視して熱弁をふるっているように見える。フランスの議会では「演説の朗読」が禁じられていないため、自分で、あるいは他人が——現代日本でいえば官僚が——準備し作成した原稿を読みさえすればよい。即興で語るからこそ、その場で政治的能力の真価が示されるのであり、フランス方式だと有象無象の発言者との見分けがつかない、これでは「自由な統治」のための国民議会という特権的な装置が活かされない、というのが、この段落における著者の主張なのである。ちな

図1－2　1793～1794年の庶民院（カール・アントン・ヒッケル画）

図1－3　1740年代の庶民院

みに現代のイギリスの庶民院は原稿持込禁止ということはなさそうだけれど、演説者の正面と背後から反対と応援のヤジが飛び交う伝統は生きている。晩年のスタール夫人が英国の代表制議会を「議論による統治」の基軸、その模範として認識していたことはまちがいない。賞賛されるのは、今日の用語なら「熟議」や「ディベート」に当たる口語的な実践なのである。

それにしても一七七六年の春、十歳の少女は、本当にむずかりもせず、退屈もせず、両親といっしょに熱心に議場を見つめていたのだろうか。それとも大きな窓ガラスに映る異国の空や、華麗なシャンデリアの曲線などに見とれながら、受身で躾のよい子を演じていただけなのだろうか。

英才教育と語学力

サロンの文化は母から娘へと継承される。一七六六年四月二十二日、パリで誕生したアンヌ＝ルイーズ＝ジェルメーヌ・ネッケルは両親の家をはなれることなく成長した。十八世紀の上流社会では、娘をカトリック修道院付属の寄宿学校に入れるのが一般的だったが、知的エリートの家庭では親元で養育することもめずらしくない。ましてやネッケル夫妻はプロテスタントであったから、彼らの理想に応える教育施設が近隣にあろうはずはなかった。国家が国民教育に責任をもつという発想は、革命後に実行に移されたものであり、それ以前、庶民の識字教育などは地元の聖職者にゆだねられていた。一握りの特権階級を別として、明確な男女格差があったことはいうまでもない。

図1－4　シュザンヌ・ネッケル（ジョゼフ・デュプレシ画）

母シュザンヌは「当時のもっとも教養ある女性のひとり」だったというスタール夫人の賛辞は、いくぶん身びいきかもしれないが、フランスとの国境に近いスイスの寒村で牧師の家に生まれ、幼いころからギリシャ語、ラテン語、クラヴサン、絵画などを習得し、幾何学や物理学まで学んだというから、例外的な上昇志向をもっていたのだろう。早く両親に死なれたが、裕福な貴族の未亡人に気に入られ、夫人の付き人兼子供の家庭教師のような立場でパリに出て、ジャック・ネッケルと結ばれた。夫の出世に貢献したい一念から、ネッケル夫人はサロンを主宰したといわれている。親譲りの地盤も人脈もない大都会で、ゼロから出発して歴史に残る「サロニエール」となるまでの努力と工夫は並大抵のものではなかったにちがいない。そのネッケル夫人と幼い一人娘ジェルメーヌとの関係は、いかなるものであったのか。

いずれ知的盟友となるバンジャマン・コンスタンとは対照的に、スタール夫人は幼少期の回想や私生活の告白めいた作品は書かなかった。一般に男より女のほうが告白好きだという話がもし本当だとすれば、ここでは男女の特性が逆転する。ただでさえ実証的な資料の少ないスタール夫人の少女時代に関しては、抑圧的な母と利発な娘の熾烈な葛藤と娘の父親への異常な執着という神話が定着しているように見えるのだが、本書では一昔前に流行した精神分析的解釈にはこだわらない。現実にそのような家族のドラマがあったという証拠は見当たらないからである。

とはいえ母親が幼い娘のために用意した野心的な教育プログラムは、現代の感覚からするといささか常軌を逸している。数学、歴史、地理、神学、等のいわゆる一般科目のほかに、ギリシャ・ラテンの古典語、そして現代の外国語。さらに舞踏、行儀作法、フランス語の朗読法については引退した舞台女優が指導に当たったという。しかしながら啓蒙の世紀のエリート女性たちが書き残した女子教育の手引きやエッセイのような書物と比べてみると、ジェルメーヌの英才教育はさほど例外的なものではない。一流のサロニエールにとって真の教養が負担になることはないのである。そしてサロンの会話やマナーに習熟するためには、なるべく早く現場に親しんだほうがよいというのも、当時の常識だった。ジェルメーヌは十歳にならぬうちからサロンでネッケル夫人に寄り添っていたといわれるが、来客の議論に耳を傾け、才気煥発な受け答えで大人を感心させた少女たちが、ネッケル夫妻の秘蔵っ子以前にいなかったわけではない。啓蒙の世紀には、数としては稀な例外であるにせよ、才能に恵まれた女性と高等教育との幸福な関係が存在した。ナポレオン体制のもとでこれが崩壊し、十九世紀末にようやく再生の兆しを見せる。

幼少期の環境という意味で以前から気になっていたのは、スタール夫人の外国語能力である。よく知られているように、十八世紀、フランス語は今日の英語に匹敵するグローバル言語だった。マルク・フュマロリには『ヨーロッパがフランス語を話していたころ』という、やや押しつけがましいタイトルの著作があるぐらいなのだが、フランス語がヨーロッパを支配したからといって、個々のフランス語話者が外国語を習得する意欲をもたなかったとはいえるまい。スイス人のネッケル夫妻にとってドイツ語やイタリア語は身近な言語だったはずだが、啓蒙の世紀のフランス人にとっての第一外国語は英語だった。

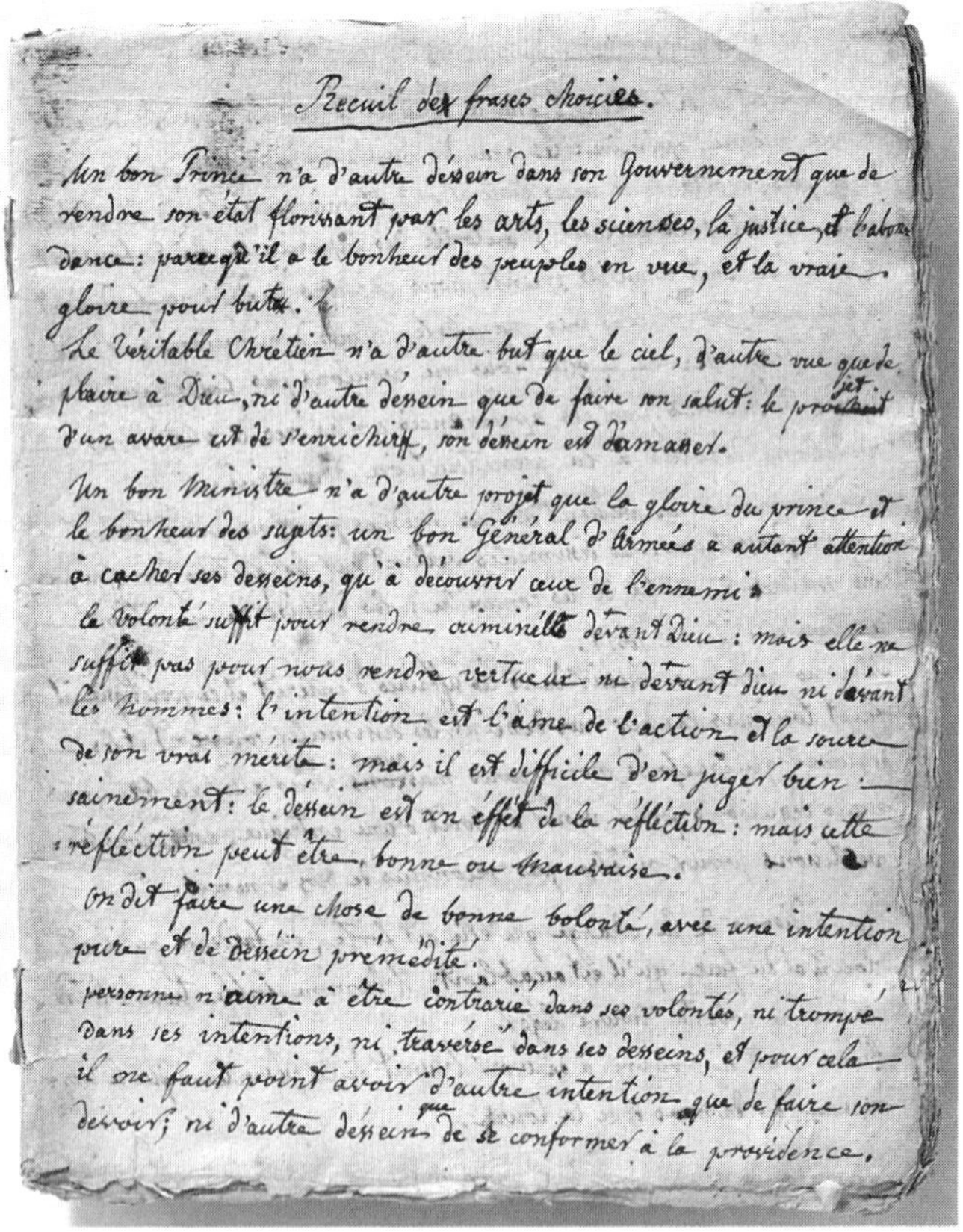
Recueil des frases choisies.

Un bon Prince n'a d'autre dessein dans son Gouvernement que de rendre son état florissant par les arts, les sciences, la justice, et l'abondance: parcequ'il a le bonheur des peuples en vue, et la vraie gloire pour but.

Le Véritable Chrétien n'a d'autre but que le ciel, d'autre vue que de plaire à Dieu, ni d'autre dessein que de faire son salut: le projet d'un avare est de s'enrichir, son dessein est d'amasser.

Un bon Ministre n'a d'autre projet que la gloire du prince et le bonheur des sujets: un bon Général d'Armées a autant attention à cacher ses desseins, qu'à découvrir ceux de l'ennemi.

la volonté suffit pour rendre criminelle devant Dieu: mais elle ne suffit pas pour nous rendre vertueux ni devant Dieu ni devant les hommes: l'intention est l'âme de l'action et la source de son vrai mérite: mais il est difficile d'en juger bien sainement: le dessein est un effet de la réflection: mais cette réflection peut être bonne ou mauvaise.

On dit faire une chose de bonne volonté, avec une intention pure et de dessein prémédité.

personne n'aime à être contrarié dans ses volontés, ni trompé dans ses intentions, ni traversé dans ses desseins, et pour cela il ne faut point avoir d'autre intention que de faire son devoir; ni d'autre dessein que de se conformer à la providence.

図1－5　ジェルメーヌの学習ノート
（課題は当時流行した類語の定義集を書き写すこと）

ネッケル夫妻と同じくフランス語圏スイスであるレマン湖畔のローザンヌで生まれたバンジャマン・コンスタンは、未完ながら「我が生涯」と題した自叙伝風の作品を書いている。一九〇七年に初版が出て以来『赤い手帖』と呼ばれるようになったテクストは、フランス語圏の辺境から出発した奇妙な野心家が、パリの思想界と政治の世界で頭角を現す以前の生活が想起されており、スタール夫人を理解するためにも必読書であるのだが、ここでは少年期の教育についてのみ確認しておきたい。バンジャマンはジェルメーヌより一歳年下の一七六七年生まれ。中産階級の父親はオランダ駐留スイス傭兵軍連隊長。母は産褥で他界し、本人の記憶によれば六人の家庭教師が代わる代わる雇用されたが、いずれも碌でなしか社会的な落伍者だった。傑作なエピソードのあれこれはすべて省略するとして、六人のうち最初の人物はドイツ人で、つづく三人はフランス人。一七八〇年、十三歳のバンジャマンが父親とともに英国に旅行したのは、オックスフォード大学への入学を希望したためというが、年少のために許可されず、やむなくイギリス人の家庭教師を伴い帰国。ただし今回も永続きせず、六人目のスイス人牧師補を最後に家庭教師による教育を断念。十五歳のころにドイツのエアランゲン大学、そして十六歳のときにはエディンバラ大学で二年近く学び、無頼の学生生活を送りながらも十八世紀スコットランド啓蒙の黄金期を目の当たりにすることができた。十八歳でパリに滞在、賭け事や女性関係のために父の逆鱗に触れ、出奔して英国を旅行。二十歳でドイツのブラウンシュヴァイク宮廷に出仕することを承諾する。コペの城館に立ち寄りスタール夫人に出遭うのは、一七九四年。そのころのコンスタンはギリシャ・ラテンの古典語に習熟し、フランス語とドイツ語に加え、スコットランドのネイティヴと間違えられるぐらい訛りのつよい完璧な英語を身につけていたという。

コンスタンとスタール夫人が共有したはずの「ヨーロッパの精神」は、実生活におけるこうした多言語的な環境と無縁ではないだろう。ただしスタール夫人については残念ながら、資料の不足を想像力で補ってゆかなければならない。文学史によればスタール夫人の代表作は、一八〇〇年からの十年間に発表した『文学論』『デルフィーヌ』『コリンヌ』『ドイツ論』の四作だが、第一作『文学論』の執筆中にドイツへの関心が芽生え、『ドイツ論』を書いたときにはゲーテからカントまでを原典で読みこなしたといわれている。三十代の半ばに学び始めた外国語を十年間でマスターしたのである。そのような学習者にとって、ドイツ語が初めての外国語であろうはずはない。そこで第一外国語とみなせる英語についてだが、典拠は不明ながら、十二歳で流暢に話したという説もある。のちに見るように、スタール夫人となったとき、英語のわからぬ夫のまえでアメリカ人外交官と不謹慎な会話をするぐらいのコミュニケーション能力があったことは確かなのである。

ここでわたしは冒頭の英国庶民院の場面に回帰して、ネッケル家の親子のかたわらに、雇い入れたばかりのイギリス人家庭教師の姿を想像力によって描きこんでみる。ジェルメーヌがすっかり気に入ってしまった聡明で控え目な歳の離れた姉のような娘だが、そのような人物が実在したという証拠はない。しかしスタール夫人自身は、息子たちのドイツ語教育のためと称して名のある作家アウグスト・ヴィルヘルム・シュレーゲルを家庭に招じ入れ、一人娘のためにはイタリア人の音楽教師のほかファニーという愛称のイギリス人家庭教師を秘書兼友人のような待遇で雇用した。コンスタン親子の例からしても、ネッケル夫人が娘にネイティヴの家庭教師をあてがわなかったとは考えにくいではないか。

サロンの会話の達人として知られるネッケル夫人は「語られる言葉」を磨きあげることを重視したにちがいない。一七七六年の英国旅行の半年後、夫人はイギリス人の友人に宛てた手紙で、ロンドンの社交界の花形がパリを訪れてフランス語会話にたいそう苦労をしたという話を報告し、「それで思いだしたのは、わたしがロンドンにいたときに、誰の話も理解できず誰にも理解してもらえなかった苦しみです」と冗談めかしてつけ加えている。自分は貧しい牧師の娘なのだから仕方ないとしても、愛娘《まなむすめ》には最高水準の教育を、と考えるのが自然だろう。そうしたわけで、スタール夫人は十代に格調高いキングス・イングリッシュを習得しただろうとわたしは考えている。ちなみにネッケル夫人が手紙を送った相手は、『ローマ帝国衰亡史』のエドワード・ギボン。昔ローザンヌに滞在していたころにシュザンヌを見初めてその気になりかけたこともあり、ロンドンで再会して家族ぐるみの親交を深めたのだった。ネッケル夫妻にとって、政治的な野心と知的な社交の楽しみは不即不離の関係にある。

残るはスタール夫人の英語読解力という問題である。一七九〇年十一月一日にエドマンド・バークの『フランス革命についての省察』が刊行されて大きな反響を呼ぶ。英仏の革命の根源的な相違を指摘し、フランス革命の急進化をまっ先に批判した名著だが、このとき彼女はただちに英語版を手に取って読み始めたのだろうか。それとも月末にフランス語版が出版されるまで空しく待機したのだろうか。この例からもわかるように、当時の翻訳事情は現代日本とは比較にならぬほど円滑なのだが、校閲のシステムなどなかったから、質的には玉石混交だった。啓蒙の世紀の女子教育の手引きでも原典を読むことが推奨されており、したがってジェルメーヌも文学や思想の話題作を臆せず英語で読破していたのではないかと推察しておきたい。これはいうまでもなく、スタール夫人の「ヨーロッパの精神」がいかに形成されたかという問いにかかわる本質的なポイントである。

一七七六年の英国旅行にはジャン゠バティスト゠アントワーヌ・シュアールが同行した。英国の最新事情に通じており、翻訳も手がけ、デイヴィッド・ヒュームの友人でもあって、すでにアカデミー・フランセーズの会員になっている。後述のように、この人物はネッケル夫妻のサロンで特別の待遇を受けており、一人娘の教育についても一定の役割を演じていたと思われる。ロンドンの国会見学の場面にもどるなら、ジェルメーヌに付き添うイギリス人の家庭教師というのは、わたしの空想の産物にすぎないが、シュアールが案内役を引きうけていた蓋然性は高い。すでにサロンのマナーを身につけた十歳のジェルメーヌは、大人たちの会話はすべて理解できるという顔をして傾聴するのが常だった。いつものように、つぶらな瞳を輝かせ、壮年のアカデミー会員の解説に聴き入っていたのかもしれない。

「世論」と「公開性」の政治家ネッケル

母シュザンヌは迫害を逃れてフランスを脱出したカルヴァン派の新教徒ユグノの家系だが、父方の祖先は、やはり宗教的な理由のためにアイルランドからドイツにわたった新教徒であると伝えられ、一族にはルター派の牧師が何人かいた。ジャック・ネッケルの父はドイツで生まれてジュネーヴに居を構え、大学でドイツ法学を講じた人物。息子が金融の世界で成功することを期待して、縁故のあるパリに送りだした。若きネッケルがジュネーヴの銀行のパリ支店で研鑽を積みながら、莫大な富をきずいた経緯は謎につつまれている。食糧不足を緩和するための投機的な穀物取引、カナダ植民地の清算事業、国庫への好条件の貸し付け、経営不振に陥った東インド会社の再建、等々が資産の蓄積につながったものらしい。確実なのは、ネッケルが信用を基盤とした公正な取引によってさらなる信用を獲得するという手法をつらぬいたことである。とりわけ東インド会社を国の支配から切り離し、株主の声を反映する自立した商業会社として再生させようという改革計画は「世論」と「代表制」にもとづく近代的な経営という意味で、ネッケルの面目躍如。政治家に転身する以前に培われた職業的資質として特記しておこう。

ネッケルは『コルベール賛』(一七七三年)『立法と穀物取引論』(一七七五年)などの著作により、みずからの「政治経済学」の立場を公表した。銀行家として国際的な人脈は豊かだが、パリでは一

図1－6　ジャック・ネッケル（ジョゼフ・デュプレシ画）

介の新参者、何世代にも及ぶ廷臣の家系でもなく姻戚関係に保護者がいるわけでもない。そもそもプロテスタントの外国人が、どうして一七七六年末に、国庫長官に抜擢され政権の中枢にかかわることができたのか。財力と手腕と信用という三点がみごとにそろっていたから？　とりあえず、ほかに説明のしようはないだろう。父の偉業の出発点を想起するスタール夫人の「公開性が信用に及ぼす絶大な影響力」という言葉を思いおこしていただきたい（本書5ページ）。ジャック・ネッケルにとって「公開性」は最大の武器であり、危機に直面したときの命綱でもあった。

ロザンヴァロンなどの政治学者が注目する画期的な「情報公開」の一例を紹介しよう。一七八一年二月に発表された『国王への財政報告書』は、史上初めて国家の予算と公的債務の詳細を公表したものであり、数字だらけの味も素っ気もない公文書でありながら、数万部が流布したという。財政の透明性がないところに国民の信用はありえないというのが、ジュネーヴ出身の銀行家の持論だった。主要著作のひとつ『フランスの財務行政について』（一七八四年）では、以下のように、より明快なヴィジョンが語られている。「信用＝信頼」とは過去と未来を束ねる貴重な感情であり、おかげで善きことが持続し、悪しきことが終わると人は考えることができる。国民とはある意味で、長年の苦労のために疑い深くなった老人のようなものだから、情報の透明性が確保されたとき初めて、為政者の意図を信用するようになるのである、等々。

政治家ネッケルを評して「虚栄心」という言葉がよく使われる。これに対してスタール夫人は父を「栄光」の人と呼ぶ。いずれも「世論」の支持にかかわる概念であり、本人が世間の評価ばかりにこだわれば「虚栄心」、努力の結果、人びとの圧倒的な信頼を得られれば「栄光」とみなされるだけのことだろう。付言するならスタール夫人が称える真の「栄光」は、政治のパブリックな性格と結びつき、ナポレオン個人が体現する「軍隊の栄光」に対峙する。さらにスタール夫人は、父の政治的手法の革新性を認める一方で、その背後にはモンテスキューが『法の精神』で謳った政治家の「徳」が息づいていると考える。ナポレオンの統治が啓蒙の世紀の「徳」や「道徳」を切り捨てたところから始まっていることを、晩年のスタール夫人はしっかり見届けていた。

そうしたわけでスタール夫人のネッケルに対する敬愛の念は絶大なものだった。上述のように母と娘の確執は、あったとしてもありふれている。一方、わたしの理解によれば、父と娘の不思議な一体感は二人の人生を方向づけるほどに強靭なものだった。ネッケルの娘と妻に対する対応の相違は際立っている。当時の知的な女性がよくやるように、シュザンヌが女性の生き方についての省察などを書きためていることを、ネッケルは知っていた。しかし、女性がサロンで草稿を読むことは文化的な行為として奨励されるものの、その草稿を書物にして出版することは慎むべきだという世間の判断に、あえて逆らおうとはしなかった。妻が死んだときネッケルは、みずから草稿を整理して遺稿集を出版したが、これは死者への手向けにすぎないともいえる。サロンでの朗読と書物の出版のあいだに、女性のみを対象とした厳しい「禁止」のラインが引かれていたのである。

しかしネッケルは娘が書物を出版することに異議を唱えはしなかった。むしろ陰ながら応援し、相談に乗り、草稿を読み、批評を惜しまなかった。ルイ十六世の大臣として国政にかかわるように

図１－７　「報われた徳」と題した寓意画（中央の石碑にネッケルの名）

なってからは、かなり大胆に現場の様子を娘に伝え、ときには情報収集と話し相手の役割を娘に期待していたのではないかと思われる。聡明な娘は父の言葉を傾聴し、父の書くものをすべて読み、父の理論で武装して、革命の討議空間に参入したのである。一七九〇年、ネッケルは急進化する革命に見放された恰好で、政治の表舞台から引退する。その後、コペの城館で次々に執筆した著作――『大国家における執行権力について』（一七九二年）、『フランス革命について』（一七九六年）、『政治と財政に関する最後の見解』（一八〇二年）等――は国の内外で反響を呼んだ。マルセル・ゴーシェによれば「大臣としての弱点は逆に作家としての力となった」のであり、じっさい今日のネッケル再評価は、行政の実績よりむしろ、引退後に公表した政治論の先見性によるところが大きい。一八〇四年、最愛の父が死去するまで、娘は定期的にコペに滞在して父の執筆計画についても語り合い、著作を熟読して思考の糧とした。ひと言でいえば、二人は考える時間、考える語彙を共有しながら、決して同じではない思想と政治理論をそれぞれに練りあげて、わが道をあゆんだのだった。

十八世紀のソシアビリテ――文化としての会話

ざっくばらんに即物的な話から始めよう。サロンの主宰者がしかるべき歓待のシステムを整えるためには、少なくとも四万リーヴル以上の年収が必要だった。パリでそこそこの技能をもつ職人の日当が一リーヴルだった時代である。目安としては、当時フランスに年収五万リーヴル以上の資産家が、地方に在住する六〇家ほど、宮廷に仕える一〇〇家ほど、そして財務・金融関係で五〇家ほどあったというから、これよりやや厚い富裕層に潜在的なサロン主宰者がいたことになる。

　必要経費の内訳は？　デファン夫人は啓蒙思想家の大物としてパリのサロンに君臨したヴォルテールの生涯の友であり、一七七〇年ごろには、文芸サロンの花形というより、重鎮と呼ぶべき立場にあった。その報告によれば、食費は一万八〇〇〇リーヴル、家賃が二〇〇〇リーヴル、馬車と三頭の馬に四〇〇〇リーヴル、召使いの給料と仕着せに六〇〇〇リーヴル、薪など光熱費に四〇〇〇リーヴル、個人経費に四〇〇〇リーヴルというところ。収入は夫の家系からの所得や年金に王妃の口添えによる王庫からの下賜金六〇〇〇リーヴルをかき集めても、ぎりぎり四万リーヴルに届くかどうかというところ。百科全書派に親しまれた著名なサロンの主宰者で、こうした経済上の理由から接待の規模を縮小せざるをえなかった女性たちに、デピネ夫人、レスピナス嬢などがいる。特記すべきはジョフラン夫人。サン＝ゴバンのガラス工場（十七世紀に国策として始められ、今日もつづくブランド企業）の経営にかかわった夫の利権を引きついで、サロンでもロビー活動を展開し、実業家としての経済基盤をもっていた。

　ところでデファン夫人の予算の半分近くを占める食費の割合は不可解ではないか。そう思われる方もあろうが、じっさいガストロノミーとテーブルマナーは十八世紀のパリで成立した文化的コードである。大富豪のサロンには、金に糸目をつけぬ美食のもてなしによって評判をとるものもあり、毎週定例の接客日には百人分の食事が提供されるという話もあった。しかし一流のサロニエールの野心は、食べる歓びと語る歓びとの絶妙な配合にある。たとえば日頃からヴォルテールとその仲間をしかるべく歓待し、極上の料理と社交のエスプリなら○○夫人のサロンが模範、といったオピニオンを広めてもらう。そのための工夫こそが肝要なのである。食の快楽を知らぬ女学者のようになることは禁物だけれど、かといって贅沢をすればよいというものでもない。ジョフラン夫人は凝りに凝ったメニューで成金風の接待をしつづけるよりは、「ほうれん草のオムレツ」などという健康メニューの不意打ちを交えるほうが、洒落た話題になることを知っていた。彼女の手帖には、毎年オレンジの花のマーマレードを某修道院から取り寄せるとか、肉料理やワインの仕入れ先とか、細やかな配慮によって文化的な価値を付加しようという涙ぐましい努力の跡が残されている。現代日本の差別的な用語を借りるなら、まさに「女子力」ということか。

サロンへの出入りは原則として紹介者の口添えにより可能になる。外国人なら自国で知り合った外交官などフランス人の有力者に仲介してもらうことが望ましい。エドワード・ギボンの満足げな回想によれば、一七六三年にパリを訪れたときには十四通もの紹介状を携えていたが、結果としては二年前にフランス語で発表した文学関係のエッセイが最良の推薦状になったとのこと。これは当事者の才能ゆえの例外的な逸話であって、サロンが知的な交流を大切にするといっても、身元の確かな一般人におとらず文士が歓迎されるだろうなどという甘い期待はゆるされない。役立たずの食客は掃いて捨てるほどいたからである。著名人にはサロンの主宰者のほうから積極的な働きかけがあるけれど、紹介者とともに押しかけた無粋な客が無神経に居坐れば、次回は門前払いを喰うことになる。サロンで崇拝される特定の人物を個人的に攻撃したという理由で、それまでの常連が永久追放になることもあった。といった具体に些細な例を拾ってゆくと、ここはまるでプルーストの世界である。おわかりのように、サロンはカフェと異なり、断じて万人に開かれた「公共圏」ではないのだが、外界から遮断された「親密圏」ともいいがたい。

サロンの値打ちやランキングは、いかに決定され保証されるのか？　当然のことながら、目に見えぬ障壁によって保護されているからといって、おのずと個性が生じるはずはない。ある歴史家は「インターフェイス」という言葉によって、その機能を定義する。「文芸共和国」とも呼ばれる作家や知識人の集団と伝統的な貴族の文化エリート、パリの都市文化とヴェルサイユの宮廷文化――対立するかに見えるこれら二項の交流と相互浸透の場がサロンだったというのだが、注目されるのは、そこでフランス語という言語が占める特権的な役割である。ネッケル家のロンドン滞在にも同行したシュアールによるアカデミー・フランセーズでの演説（一七八四年）を参照するなら、言語とは「法と同様に、その源泉となる諸原則にたえず立ち返るべきもの」であるという。われらのフランス語は「天才の諸作品」によって力と豊かさを与えられ、「国民の活発なソシアビリテ」によって優雅さを添えられて、とりわけ「社交人と文人の相互的コミュニケーション」によって真の個性を獲得するに至ったとシュアールは語る。フランス語の顕揚を目標とするアカデミーという制度的な場での演説であることを忘れてはならないが、そうはいっても空疎な建前論ではない。一人前の文士になりたかったら、日に四時間は「ソシエテ」で過ごすべきであり、考えたり書いたりするのは残りの時間で充分、というジャンリス夫人の挑発的にも見える断言は、おそらく突飛なものではなかったのである。書斎に蟄居して原稿用紙と孤独に向きあう作家の姿を思い描いて十九世紀の小説を読んできたわたしのような者にとって、十八世紀の「ソシエテ」から生まれた作品の口語性、すなわち「語られる言葉」との親和性は、不思議に新鮮なものに思われる。

ちなみに前段で「ある歴史家」と名指したのはアントワーヌ・リルティ。『サロンの世界――十八世紀パリにおけるソシアビリテと社交界』は大判で五百ページを越える。圧倒的な情報量という意味でも、文学・歴史・政治をつらぬく学際的で鋭利な分析という意味でも、まさに画期をなす著作である。スタール夫人が「黄金のサロン」（第3幕）を主宰するようになるまでの前提に当たる本書の記述は、概ねこの大著に依拠していることをお断りしておこう。そのリルティの言によれば、サロンは十八世紀フランスの二つのイメージを合わせもつという。すなわち一方にはエレガンス、生活の享楽や放縦、エスプリ、そして軽妙さへの憧憬があり、他方には啓蒙の精神と哲学が、そして大革命に向けての抗しがたい時の歩みがある。諧謔の精神と潜在する秩序破壊的な力を体現し、この世界に君臨したのが、ほかならぬヴォルテールであることを念頭に置いていただきたい。

さて冒頭で述べたように予算配分から推測すると、食べる歓びと語る歓びは、サロンの快楽の二本柱のようにも思われるのだけれど、じつのところ現場の風景は、思いのほか変化にとんでいた。そもそも通常は食事も自由参加。といってもビュッフェ・スタイルではなく、ワインなどはお仕着せの召使いに給仕してもらわなければならないが、自分の召使いをつれ歩いて給仕をさせることも許されていたという。富裕層の定例の食事会は常連のために用意されており、二度目からは声をかけてもらう必要もない。一方、あらかじめ招待客を限定する場合もあって、これが十九世紀ブルジョワ階級の生活様式となる。ちなみにプルーストに親しんだ方なら、ヴェルデュラン夫人のサロンが「常連は晩餐への招待を必要としない」という古き伝統をしつこく強調し、そこから巧妙な排除やいじめの手法を編み出していたことを思い出されるにちがいない。ブルジョワ成金の大富豪であるヴェルデュラン夫人も、サロンのランキングでトップを誇る大貴族ゲルマント公爵夫人も、参照するのはアンシャン・レジームの約束事なのであり、リルティの文化史は『失われた時を求めて』の笑いとユーモアの勘所のようなものを教えてくれる。

十八世紀を通じてディナー（午後の正餐）の時間はしだいに遅くなり、午後二時から四時へと移行したのだが、これにともないサパー（夜食）も遅くなり、ついに十時開始ということになる。誰それのところに「夜食に行く」aller souper という表現は、夜食の時間に行くという意味であり、じっさいには客の半数は別のことをやっていたりする。ほどほどの人数で模範的な「会話」をやっているのではないとしたら、別の何をやっていたのだろう？

まず想像されるのは賭け事であり、カードやサイコロのゲームにうつつを抜かした社交人は少なくない。スタール夫人の身辺では夫のスタール男爵が、そしてバンジャマン・コンスタンが、さらに話を先取りすれば次男までが、それぞれ賭けに熱中して不名誉な借金地獄に陥った。小説『デルフィーヌ』では準主役級の女性登場人物が賭け事のために人を裏切り悪徳に染まる。派手なゲームとして知られる「ファラオ賭博」は、個人のサロンで行うことが禁じられるようになり、警察の入りにくい大使館関係のサロンを根城にするようになったという。

より健全な楽しみとしては、演劇と音楽がある。一説によれば、十八世紀の半ばにはパリに一六〇〇の「ソシエテ劇場」があったというのだが、これにはサロンの一角を使った即席の舞台から、郊外の別荘に作られた相応の規模の舞台などが含まれる。芝居好きのヴォルテールは、シレーの城館を改造し小さな常設舞台を設けていた。マリー＝アントワネットもプティ・トリアノンの敷地に小劇場を作らせた。これは王妃と身辺の貴婦人たちが確保した親密な色合いの娯楽場であり、十七世紀のルイ十四世が廷臣のまえで自ら舞踏を披露したのとは異なり、公的な催しとしての宮廷のスペクタクルとは無縁である。「ソシエテ劇場」がオペラ座やコメディー・フランセーズと異なるのは、それが所詮は素人演劇だったからではない。ヴォルテールは自分でコメディを作り自分で演じたし、ボーマルシェの『フィガロの結婚』（一七八一年）は、コメディー・フランセーズで受理されたのち、ルイ十六世の逆鱗にふれて上演禁止となったが、著者自身が見事な朗読パフォーマンスをしかるべきサロンで展開し、圧倒的な人気によって世論を味方につけた。それにまた、サロンの小さな舞台にプロの俳優が招かれて、芝居好きの素人といっしょに演じることもめずらしくなかった。要するにサロンは戯曲を書く者、朗読する者、演じる者、観賞する者、さらには物理的に設営する者までが、共同の営みを立ちあげて交流する場となっていた。オペラ座やコメディー・フランセーズが一般市民に開かれた「公共圏」であり、国王や警察長官の検閲と監視のもとにあるとすれば、非公開の「ソシエテ劇場」は「親密圏」への橋渡しというトポスに位置づけられる。おわかりのように「ソシエテ」とは「公共圏」と「親密圏」の中間地帯にほかならない。

サロンで素人の愛好家と本職のアーチストが出遭うという意味では、演劇と音楽は似通っているように見える。しかし両者を決定的に分かつ相違があり、十八世紀のヨーロッパでは、演劇やオペラにとっての劇場に当たる公共空間が、自立した音楽演奏のためのホールとして設営されてはいなかった。その一方で楽器を演奏し歌曲を披露することは、洗練された文化人にとって望ましい素養だったから、音楽家はまず上流社会の子弟の教育係として糊口を凌ぐことを考える。才能を認められれば国王や芸術を庇護する大貴族の援助を期待することもできるだろう。サロンの主宰者のなかには、趣味が嵩じて演奏者を何人も丸抱えする者もあり、さるドイツ人富豪はそのために年間五万リーヴルを投じていたという。イタリアなど国外から花の都をめざす音楽家は少なからずいた。よく知られているようにモーツァルトは一七六三年、七歳のときパリを訪れて神童ともてはやされたが、十五年後に再訪したときには、サロンで雇われ楽士のようなあしらいを受け、苦い思いを味わった。文化人を自認する社交人たちが芸術を正しく評価する感性をもつとはかぎらないし、そもそも雇用によって生じた人間関係が平等であったためしはない。いうまでもなくサロンは芸術家のユートピアではないのである。

ようやくサロンの風景が具体的に見えてきたように思う。暖炉の前にはテーブルを囲む一団がおり、窓際には立って語り合う男たち、別室でトランプに興じる男女もいる。正餐と夜食のあいだの時間には、入念な準備や贅沢な道具立てを観賞しながらコーヒーやイギリス風の紅茶を味わったりもする。音楽演奏については、その家の令嬢がクラヴサンの伴奏で歌を披露することもあれば、プロをまじえた室内楽に来客が耳を傾けることもある。お芝居の上演や、舞踏や、あるいは話題作の朗読などが予告され、大勢の客で賑わう夕べもあるだろうし、内輪の者だけが滞在する別荘のサロンなどであれば、男たちにまじって若い女性たちが静かに絵を描いたり、刺繍をしたり、本を開いたりということもあったらしい。

　しかし肝心の「会話」とは、そのコンテンツとは、いかなるものだったのか？　この問いについては、いったい誰がどこで何を語り合うのか、という枠組みを設定したうえで、想像力をはたらかせてみることにしたい。それにしても二世紀以上も昔のことであり、流動的なサロンの地政学のようなものが素描できるのかという疑問もあるだろう。社交とは、ネットワーク的な連携とライヴァルどうしの競合という背反する力学が、複雑に絡み合う世界である。しかもリルティの断言するところによれば、参加者のイデオロギーとサロンの人脈はほぼ重なるだろうという安易な期待は抱かぬほうがよい。ジョフラン夫人の娘は由緒ある貴族ラ・フェルテ＝アンボー侯爵家に嫁ぎ保守派でカトリックだが、唯物論の論客として知られるエルヴェシウスのサロンの常連だった。ヴォルテールとルソーの敵対関係といった文学史や思想史の系譜学的な了解は、いったん棚上げにすることが求められる。

ジョフラン夫人からネッケル夫人へ

「サロニエール」の花形として名を馳せたジョフラン夫人（一六九九～一七七七年）とネッケル夫人（一七三七～一七九四年）は友好的ライヴァル関係にあったとされる。ただし生年からもおわかりのように、ジョフラン夫人が世紀半ばにはパリのソシエテに君臨していたのに対し、一七六四年にネッケル夫人となったシュザンヌは、ゼロから出発して一気に実績をつくり、革命前夜に有終の美を飾ることになる。ところでサロンは女性が主宰するものという了解は、大方の傾向を述べているにすぎず、変種はさまざまにあった。たとえば当然ながら独身男性であるモルレ神父は、月に一回、朝食に文人を招き、女性も交えた語らいの場をもっていた。イギリス風の政治クラブと異なり、女人禁制のサロンはありえない。百科全書派の錚々《そうそう》たる面々が集うドルバック男爵（一七二三～一七八九年）のサロンでも、じつは男爵夫人が気を配り、名だたる女性客を何人も受けいれていた。サロン通の哲学者ディドロいわく、男たちの論争は審判役の女性が臨席したほうが盛り上がるものなのだ。徴税請負人として財をなした啓蒙思想家エルヴェシウス（一七一五～一七七一年）もサロンの主人役とみなされていたが、死後は美しい未亡人によって人脈が受けつがれ、社交の華やかさが増してゆく。ジョフラン夫人は上述のように自力でサロンを立ちあげており、もともと存在感のない夫が死去したおかげで経済的な基盤を固めることができた。そしてネッケル夫人の場合、じつは夫の財力と野心がすべてであり、献身的な妻は「世論の政治家」を支えるシステムとしてサロンを営んだといわれている。ネッケルはすべてに目配りしつつ、あえて控え目な夫の役割を演じていたという解釈である。

賭け事をやらないサロンはめずらしくないし、食事の出ないサロンもあった。しかし「会話」が不在で皆が押し黙っているサロンはありえない。一般的な話題が、噂話から政治や学問の議論まで、多岐にわたっていたことは常識からも推察できる。それにしても録音技術のなかった時代、はかなく消えていった肉声の会話そのものを再現する術はあるまい。この指摘は一見もっともだけれど、手掛かりとなる資料が存在しないわけではない。まずは「会話マニュアル」としても読める礼儀作法のガイドブック。ネッケル夫人の遺稿集は、その種の手引きとしてしばしば引用される。次にフィクションのなかの会話。といっても小説や戯曲のなかに、現実の世界における肉声の会話がそのまま再現されていることを期待してはならない。第三の資料は回想録と書簡であり、とりわけ手紙はメディアとしての性格が今日と異なるところから、サロンの人脈という現象を含め、興味深い情報源となる。

手始めに軽妙なパフォーマンスとしての「会話」の一例を。プルーストをお読みになった方は、「ゲルマント公爵夫人のエスプリ」という表現を覚えておられるだろう。なぜ面白いのかよくわからないけれど、とにかくその人の発した警句やジョークやダジャレのたぐいが大評判になる。ジョフラン夫人の「ほうれん草のオムレツ」が成功したのも、贅沢で洗練された趣味という定評がまずあって、不意打ちが効を奏しただけであり、本気で健康食を提案したわけではむろんない。スタール夫人との因縁という意味で——一時はスタール夫人の恋人ともいわれ、恐怖政治後にはスタール夫人のおかげで政権に返り咲き、そのスタール夫人を裏切ってナポレオンと組んだとされる——タレイランの逸話を紹介しておこう。ある食事の席でさる公爵夫人が「先ほどここに入ったなりah! ah! とおっしゃったけれど、いったい何があなたにそう言わせましたの？」と若きタレイランに質問を投げかけた。予想外の問いでたじろがせようという意図である。青年は一呼吸おいて「それはお聞き間違いでございましょう。わたくしはoh! oh! と申しました」と応答した。それだけ？　それだけであり、これを機にタレイランはエスプリのある男だという評判が定着し、あちこちのサロンから声がかかるようになったというのである。

この話は十九世紀を代表する文芸批評家サント゠ブーヴが分析し、タレイラン自身も『回想録』で言及しているのだが、話題になった理由をあれこれ穿鑿《せんさく》するには及ばない。複数の人間が呼吸を合わせて面白がることで、連帯感が生まれ、ソシエテは補強される。いずれ本書に登場するアメリカ人外交官ガヴァヌア・モリスは、フランス語力にはかなり自信があった。にもかかわらずパリのサロンの第一印象として、即興的な言葉が誘発する瞬間的な笑いが理解できないと不満げに述べる。しかるべきタイミングで面白そうな顔をすればよいだけであり、理解する必要はないということを、勘のよいモリスはじきに理解したにちがいない。

朗読は、サロンの文化的な意義を顕揚するエンブレム的な営みでもあった。『ジョフラン夫人のサロンにおけるヴォルテールの悲劇『中国の孤児』の朗読』という長いタイトルの大作（通称『ジョフラン夫人のサロン』図1－8）では、朗読上手で知られるダランベールが名高い俳優とならんで芸を披露する。正面にジョフラン夫人がハイライトを浴びて坐り、朗読者たちの頭上には、ひときわ高くヴォルテールの胸像が。ただし作品はナポレオン帝政期に元皇后ジョゼフィーヌの注文によって描かれたものであり、記念撮影のように整然と構成された画面は完全なフィクションである。つまり、いるはずのない人がおり、あるはずのない絵が壁にかけられているのだが、なおのこと、失われたサロン文化への郷愁にみちたオマージュという表象としての意図は鮮明になる。サロンの朗読イヴェントは原則として招待制であり、ボーマルシェの『フィガロの結婚』では六〇人が招かれたこともあるという。まるで小劇場のようだが、上述のように、サロンに付随する空間を公共の劇場と同一視することはできない。あらためて強調しておきたいのだが、開かれた劇場空間に匿名の人びとが集うからこそ「公衆《パブリック》」が誕生するのであり、名指されて参集したサロンの客は真の「公衆《パブリック》」とはいえない。

よく知られているように、朗読の素材は文学や哲学の断片的な草稿であったりもする。文化史における「啓蒙のサロン」という概念は、この種の学究的な集いを好んで喚起するのだが、これもまた、やや誇張された表象の風景であろうと思われる。学問の権威を体現する学士院《アカデミー》とは異なる約束事が、文芸サロンでは生きている。じっさい参加者たちの切磋琢磨により才能が磨かれるという場面が多くあったかもしれないが、その一方で礼儀作法のコードにしたがえば、観賞と賞賛の態度を

図１－８　ジョフラン夫人のサロン（ルモニエ画　1812年）
右から２人目の女性がジェフラン夫人。ヴォルテールの胸像の右下、テーブルに肘をついているのがダランベール。

つらぬくことが肝要なのだった。それゆえ文芸愛好家の詩作がサロンで褒めそやされたからといって、出版された詩集が好評を博すという保証はまったくない。文学や哲学の作品は、書物として公共圏に送りだされたとき、初めて「一般読者《パブリック》」と対峙する。いわゆる「世論」とサロンの「意見」との関係は微妙であって、おのずと連動するところもあるけれど、決して同一視してはならないことを強調しておこう。

手紙の朗読は、ともすれば話題に事欠くサロンにおいて、無聊を慰める身近な手段であり、書簡は今日の用語でいうソーシャルメディアとしても活用されていた。そもそも十八世紀のフランスに「通信の秘密」という社会的なコードは存在しない。公開を慎むべき私信は、当事者がそのように判断すればよいだけのことで、一般に手紙は朗読されることを予想し、ときには期待して書かれていた。「取り扱い注意」のメールから回覧メール、ときにはＳＮＳに近い機能まで担ったともいえる。

たとえばシュアール夫妻の「社交人」としての並々ならぬ手腕は、一通の手紙によって発揮される。滞在先のロンドンから妻アメリーに宛てた便りの要点を、以下に箇条書きにするなら——①ジョフラン夫人の近況を知らせてくれてありがとう　②夫人に宜しく伝えてほしい　③当地で少なからぬ数の夫人の知り合いに出遭うが、かならず夫人の近況が話題になる　④夫人が当地で大評判であることは確かながら、夫人の真価が充分に理解されていないように思うこともある　⑤シュアール本人の解釈による夫人の人格の定義と賛辞　⑥結びとして、〇〇氏より夫人に宜しくとのこと。

おわかりのように論点⑤にかかわる三行ほどをのぞけばまったく無内容な、飾らぬ文体の書簡を携えて、アメリーはジョフラン夫人のサロンを訪れる。そして「夫から便りが届きましたのでご披露させていただきますわ」と断って、淡々と朗読する。ジョフラン夫人への慇懃な挨拶というだけでなく、その趣旨がサロンの客を介して別のサロンにも伝わることが肝心なのである。これがさりげなさを装った十八世紀の礼儀作法《ポリテス》の技というものだった。

手紙は朗読され、回覧され、コピーが作られて、そのつど朗読や回覧の輪が広がってゆく。ジョフラン夫人は諸外国の貴顕や外交官を温かく細やかに歓待し、ロシアのエカテリーナ二世と書簡をやりとりするほどの国際派だった。とりわけポーランドのスタニスワフ・アウグスト・ポニャトフスキは、二十歳になったばかりのころ半年ほどパリに滞在したことがあり、ジョフラン夫人には賭けの借金を払ってもらったり、洗練された社交界のマナーを厳しく教えこまれたり、要するにひとかたならぬ世話になっていた。そのポニャトフスキがロシアで女帝エカテリーナの寵臣となったのち、ポーランドに帰国して一七六四年、国王の座に就いた。一七六六年、ジョフラン夫人はこれまでの努力が実らせた果実を摘み取ろうとするかのように、ワルシャワからウィーンまで国際親善の旅に出る。行く先々での熱烈な歓待の様子は、娘や友人や知人に宛てた手紙で克明に語られる。Aに宛てた便りにBに宜しくと書いてあれば、それはBのサロンで朗読するようにという見え見えの指示である。こうして貴族、資産家、文人、そして外国人を含むパリの「ソシエテ」にジョフラン夫人の旅のルポルタージュがくまなく届けられ、さらにパリからヨーロッパ諸国へと反響が広がってゆくのである。しかしリルティの綿密な調査によれば、内憂外患の小国ポーランドの若き国王は、かつて世話役だった高齢のご婦人に付き合う暇などあろうはずはなく、そもそもジョフラン夫人が国王に招待されて旅を思い立ったという話もフィクションであり、各地での大歓迎という報告も、いささか自作自演の気味があったらしい。それにしてもブルジョワ出身で、大物の貴族や著名な文人の後ろ盾をもたず、知識欲が旺盛なわけでもないジョフラン夫人は、まさに職業人としてのサロニエールだった。人生の目標であるサロンの繁栄は、世間の評判によって支えられるのだから、手紙というメディアの繊細な機能を知りつくして活用した聡明さは、大いに評価しておきたいと思う。

　賢明なネッケル夫人は、ジョフラン夫人との交際のなかで礼儀作法《ポリテス》の極意を学びながら、夫の補佐役をつとめていたのだろう。ネッケルの周到な性格を暗示する逸話が、ルソーの友人であったデピネ夫人の手紙に報告されている――さる匿名の人物が二万リーヴルを用意し、シュアール夫妻に終身年金を提供したいと申し出た。夫妻はさんざん迷ったが、匿名の恩人が名乗り出てくれれば、申し出を受けると返答した。夫妻が受けいれたのちに名乗り出たのは、ネッケル氏であった。なかなかいいお話でしょ？　というニュアンスで、デピネ夫人が報告を終えることで、関係者全員が美談の登場人物になるだろう。美談はサロンの恰好の話題となって各方面に伝えられ、ネッケル氏の人格をめぐる好意的な世論にじわりと貢献するだろう。

　経済的に余裕のない文人を支援するという話は、昔からよくあった。ジョフラン夫人は、ダランベール、モルレ神父などに六〇〇リーヴルから一二〇〇リーヴルの年金を提供しており、ネッケルのシュアールへの年金は当時の金利の相場からして八〇〇リーヴルと見積もられ、金額は常識にそったものと推察される。アンシャン・レジームにおける国王や大貴族の「メセナ」という活動が、身分の相違を前提とした公開の恩恵であるのに対し、ネッケルの個性は匿名という仕掛けにある。演じられているのは、友愛によって結ばれた者どうしの互助と感謝という物語であり、種明かしがあった以上、仕掛けは解消されているのだが、麗しきソシアビリテの実績は残る。夫のかたわらでシュザンヌは、シュアール夫人の外出のために馬車を差し向けるなど細やかな気配りを怠らず、友愛の物語を補強した。

もう一人ネッケルが一〇〇〇リーヴルの年金を提供した文人がいる。スイス人のアンリ・メステルは、シュザンヌが娘のころからの知り合いで、ドイツ出身のフリードリヒ・メルヒオール・グリムが編集していた『文芸通信』(小部数ながらもヨーロッパ各地の知識層を購読者とする国際的な情報誌)を一七七三年から引きついでいた。暗黙のメディア戦略であることはいうまでもない。あるときディドロやダランベールによって「文芸共和国」の王者ヴォルテールを大理石像によって称えるという計画が発議され、広く文芸愛好家に賛同を求めることになった。募金活動の音頭をとったのは、ほかならぬネッケル夫人である。社交界のマナーを熟知したヴォルテールは夫人の尽力に感謝して、像が完成した時点で、背後に控える新任の大臣ネッケルに書簡詩を捧げ「文芸の庇護者」として認知した。一七七八年、シュザンヌは十二歳のジェルメーヌを伴って死の直前のヴォルテールに面会しているのだが、一見ささやかな表敬訪問の背後には、ネッケル自身が意図する人脈の形成

図1－9　ヴォルテール裸像（ジャン=バティスト・ピガール作　1776年）

という強力な戦略的流れがあった。

啓蒙サロンの全盛期、以上のような「ソシエテ」の営みを日々目の当たりにしながら、ネッケルの娘は成長したのである。

第2幕　革命の勃発と立憲王党派のサロン

――政治化する会話

ルイ十六世の大臣となった父ネッケルに寄り添って、スタール夫人はフランス革命の只中に身を置いた。一七八九年に政治の主導権を握った陣営にとって、革命とは「精神の昂揚」そのものであり、目標は何よりも「自由の創設」だったはずである。参照すべきモデルは一六八八年の名誉革命とイギリス立憲王政の伝統か、それとも一七七六年のアメリカ独立革命と建国の父たちか？

サロンの「会話」はにわかに政治化し、国制をめぐる本格的な議論に女たちが参加する前代未聞の状況が生まれたのだった。ジョージ・ワシントンに派遣された外交官ガヴァヌア・モリスの『日記』には、スタール夫人、フラオ伯爵夫人など名高い「サロニエール」たちの生活風景や「ソシエテ」の裏話、さらには指導者を欠いた革命が迷走し、急進化するさまが、忌憚なく記されている。

一七九八年生まれの歴史家ミシュレも、女たちのめざましい言論活動について語っているのだが、そこで名指されるジャンリス夫人、コンドルセ夫人、ロラン夫人などとスタール夫人が決定的に異なる点がひとつある。革命期のサロンにおいて女たちによって「語られた言葉」についても証言し、その政治的な意味を分析し、「書かれる言葉」によって後世に伝えたのは、スタール夫人だけだった。

世論と革命と失神について

食事の席での政治の話はマナー違反、ましてや女性がいる席での政治談義などは野暮の骨頂——こうした了解があまねく行きわたったのは、ナポレオン帝政以降のブルジョワ社会においてであるらしい。アンシャン・レジームのサロンでは、政治外交の駆け引きも、真剣な政策論争も、あるいは無責任なゴシップも、原則として排除されてはいなかった。女性はそれなりの優雅さをもってあらゆる話題に参入し、ときには討論の審判役をつとめることを期待されていた。これがスタール夫人の念頭にある古き良き時代の思い出であり、これまで参照してきたアントワーヌ・リルティ『サロンの世界——十八世紀パリにおけるソシアビリテと社交界』が彷彿させる風景も、まさにそうしたものである。

リルティによれば、ネッケルはソシエテの「意見」と公共圏の「世論」とを積極的に連動させようと試みた初めての政治家であるという。むずかしい話ではない。すでに見たように芝居の台本にせよ、文学や哲学の草稿にせよ、サロンでのパフォーマンスに寄せられた賞賛は真にパブリックなな評価とはいえない。しかしサロンでの紹介が好意的な「世論」を準備し、醸成する可能性は大いにあるだろう。知的活動を重んじるネッケルのサロンでは、さまざまのアカデミーの会員が客の半数を占めたりすることもあったらしいが、一七八四年に『フランスの財務行政について』と題した三巻からなる大論文を発表したときには、その一年ほど前から草稿の断片がくり返し朗読されており、サロンの常連たちが各方面に送る手紙でそのことを話題にし、賛辞を書きつらねる一方で、著者はたえず加筆訂正をくり返していたのである。「世論」と財政健全化の関係を論じた書物は、一七八一年の『国王への財政報告書』を越えるベストセラーになり、スタール夫人によれば八万部、現代の研究者によれば十万部近くが出回って、ただちにヨーロッパ諸言語に翻訳された。一七八八年の『宗教的意見の重要性について』は、プロテスタントのネッケルが国家と宗教の関係というある意味では剣呑な主題を正面から論じた著作だが、ジョフラン夫人の娘、カトリック保守派のラ・フェルテ＝アンボー夫人が大仰な言葉で褒め称えた。

まさに「パブリシティ」のために、常連たちの口コミを周到な出版キャンペーンに利用したというだけか？　いや、じっさいにサロンとは情報を発信する場でもあり、同時に収集する場でもある。望ましいのは、ソシエテの会話と公共圏に流通する書物、すなわち「語られる言葉」と「書かれた言葉」が車の両輪となって「世論」の活力を支えることではないか。ネッケルは形のうえではルイ十六世に仕える廷臣だった。にもかかわらず、マルセル・ゴーシエによれば「初めて国政を共通の事柄とする」ことをめざしたのであり、ここで誕生したのは「世論の力」と「世論によって統治することの必要性」を鋭く意識する近代的な政治の手法だった。

ネッケル夫妻はルイ十六世の側近であるショワズル公爵、モルパ伯爵などとも慇懃な関係を結び、上述のように百科全書派とその周辺の社交人たちとの交際にも細やかな熱意を見せていた。これに加えてコスモポリタンな風景という意味で、夫妻のサロンは際立っている。リルティが「外国人管理局」のアーカイヴを調査した統計があるのだが、「一七七四〜一七八九年までの外交官訪問件数」によると、ネッケル夫妻のサロンはトップで六四〇件、二位の六一〇件という数字は、ラ・ヴァリエール公爵夫人のものだが、これはジョフラン夫人の姉妹サロンのような位置づけだったらしい。三位は二五〇件ほどで、これに迫る四位はジョフラン夫人の娘である。当然のことながらこれらの数字は自己申告ではなく、諸外国の諜報活動を監視する警察の情報収集に由来する。女性の主宰するサロンに多くの外交官が足繁く通うのは、政治をめぐる噂話から真剣な議論まで、要するに最新の情報を入手できるから。そして同時に自国に関する情報を適宜発信することもできるから。ネッケルの場合、外交官、外国人との交流をつうじ、国際政治の具体的な課題をめぐる「インターフェイス」としてサロンが機能することも期待されていた。

さてネッケルは財政立て直しの手腕を見込まれ、一七七六年、家族でロンドンを訪れた年の暮れに「国庫長官」に任命された。これはプロテスタントの外国人のために新設されたポストで、中央機関である国王顧問会議に出席できないという制約があった。ネッケルは二四〇万リーヴルという巨額の自己資金を王庫に預けて国家の「信用」を保証したうえで、借入金による財政運営と公正な税制改革をめざして一定の評価を得るのだが、そのリベラルな手法ゆえに、宮廷の秘密政治と真っ向から対立する。一七八一年、『国王への財政報告書』が刊行された直後にネッケルが失脚すると、夫妻のサロンは改革派の拠り所となった。一七八八年八月、ふたたび国王に召喚され、晴れて「財務総監」に就任。財政破綻が表向きの理由だが、すでに国王顧問会議によって三部会の召集が公表されており、いかにして複雑な選挙の方式や票決の方式を決定し、国民の意思を反映する議会を立ちあげるのかという前代未聞の難題が、日々の現実のなかで目前に迫っていた。

当時、国王に仕える行政職のなかで「外務大臣」は重要なポストだったが、今日の用語でいう「法務大臣」「内務大臣」などの役職はない。財政の専門家が一国の首相に抜擢されて、革命を回避する責任を負わされたような具合に事は運んだのである。宮廷に後ろ盾のないネッケルは「世論」の支持を求めて言論活動の活性化にとり組み、抜本的とはいえぬまでも当面の危機を乗りこえるための改革の見取り図を、急ぎ作成しようと模索する。ところが既得権に執着する守旧派の反撥がまたもや国王を動かし、一七八九年七月十一日、ネッケルは国外退去を命ぜられた。歴史家も一致して認めているように、七月十四日のバスティーユ占領は、ネッケル罷免と連動する事件なのである。

ジェルメーヌは一七八六年に結婚してスタール夫人となっていた。スウェーデン大使エリック＝マグヌス・ド・スタール男爵の申込みを受けたのは、プロテスタントでパリに居住しつづけるという条件を充たしたからであり、この賭け事好きの美男子が大した器でないことは予感していたらしい。既婚者となったジェルメーヌは宮廷に参内することを許され、ネッケル家のサロンにも日参するかたわら、大使館でみずからのサロンを開く。そして親譲りの巧みな社交を展開し、ついに父が政治の表舞台に復帰すると、週の大半をヴェルサイユで過ごすようになる。幼いころから夢見た政治の季節が、今まさに到来し、スタール夫人は欣喜雀躍、嵐のなかに身を投じたのである。

図２－１　スウェーデン大使スタール男爵

そうしたわけで一七八八年八月以来、現場のネッケルに寄り添いながら、スタール夫人は尋常ならざる昂揚状態にあったのだろうと推察される。翌年の七月十一日、ネッケルが罷免されると娘は迷わず父と行動をともにして、国外に脱出する。民衆のバスティーユ襲撃に恐れをなした国王がネッケルを呼びもどしたときも、父の側を片ときも離れずに帰国。七月三十日、父の馬車に同乗してパリ市庁舎に向かい、群衆の「ネッケル万歳！」という歓呼に迎えられ、歓喜のあまり、スタール夫人は失神する。父の体験への同化、父との一体化への祈念が、感情の奔流となって肉体を脅かしたのだろう。回想によるなら、その日はスタール夫人にとって「わが人生の栄華の終わる日」でもあったという（CR 194）。

たしかに事後的に見れば、ネッケルの「人気」が頂点に達した瞬間だった。しかし今日の用語でいう「ポピュリズム」の徴候をここに認めるには当たらない。すでに三部会が開催され、七月九日には「憲法制定国民議会」の発足が宣言されていた。政治的な緊張が極限にまで高まっているときに、国際的にも信用のある改革派の大臣が罷免されれば社会不安が引きおこされて、経済の混乱が小麦の不作に追い打ちをかけ、パンの値段が急騰する。とりあえず政治改革とは無縁な農民や労働者の目にも、この暗い先行きが、はっきりと見えていた。

暴力的な衝突の背後には、国民の合理的な判断と歴史の必然的な運動があったとスタール夫人も考える。七月十四日の「偉大さ」を『フランス革命についての考察』は熱っぽく語る――あの「運動」は「国民的」なものだった、国の内外で分派的な動きが生じる以前だったから、嘘偽りのない自然な感情が燃えあがり、あのような「精神の昂揚《アントゥージアスム》」が民の全体をつつみこんだのである（CR 184）。すでに述べたように、スタール夫人の遺著となった「革命論」は、四半世紀にわたり四分五裂の状態にあったフランス国民に対し、復古王政のもとで漸進的な改革をめざそうと呼びかける書物である。それは同時に一七八九年の出来事と一八一四年に発足した現体制を対立的に捉えることを避け、積極的に革命と王政の宥和をめざす野心的な試みでもあった。書かれた時点からして史上初めての試みといってさしつかえない。

ところで「精神の昂揚《アントゥージアスム》」enthousiasmeとは何か。感動と歓喜をともなう精神の飛翔――なんとも日本語になりにくいこの語彙を、スタール夫人は生涯をかけ、哲学と宗教を架橋するような力強い概念に仕立てあげてゆく。ここでは最晩年の著者が、この特別な個人的語彙を、若き日の七月十四日に捧げているのだという事実を強調しておこう。いいかえれば、スタール夫人の失神という出来事を、父と娘の絆という親密圏の物語に還元する意図は、わたしには毛頭ない。あのときの「精神の昂揚《アントゥージアスム》」は全国民の共有した感情であり、父のかたわらで群集の歓喜の只中に身を置いた自分は、そのことを証言する資格をもっている。ネッケルの娘はそう宣言するのである。

「フランスの精神」が輝いたとき

ミュージカル『レ・ミゼラブル』のバリケードの場面のおかげもあるのだろうか、革命が精神の昂揚を伴う祝祭の体験でもあることを、なんとなく感じとってくれる人たちが、若い世代にも増えているように思われる。原作者ヴィクトル・ユゴーも『感情教育』の作者フローベールも、一八三〇年代初頭の騒擾や一八四八年の二月革命が、一七八九年の再現を夢見る運動であったことは熟知していたし、一九六八年の学生運動を「五月革命」と呼んだ世代に属するわたしなども、あのとき一抹の「精神の昂揚《アントウージアスム》」のようなものが辺りに漂ったという記憶はもっている。

「一七八九年以前に生きた者でなければ、生きることの甘美さを知ろうはずはない」というのは、タレイランの名言であるとされている。「歓び」joie でも「幸福」bonheur でもなく「甘美さ」douceur と名づけたところが、享楽的でしたたかな政治家を髣髴させるということかもしれないが、リルティによれば、タレイラン自身の『回想録』には存在しない文章であるという。あるときタレイラン氏が「一七八九年前後の年に生きた者でなければ、生きることの愉しさを知ろうはずはない」と自分にいった、とフランソワ・ギゾーが自分の『回想録』に記しており、その不正確な引用が流布したというのである。「愉しさ」plaisir という控え目な語彙の選択以上に注目されるのは、一七八九年以前なのか、それとも前後なのか、という相違だろう。賛美されているのはアンシャン・レジームの優雅な日々なのか、あるいは革命そのものなのか。稀代の野心家であるタレイランが、自由を希求する理想主義者でもあったという保証は全然ないけれど、革命を好機到来と考え歓迎したことは、ほぼ間違いないと思われる。

じつはスタール夫人の目にも、一七八九年前後がひとつのブロックとして見えていた。「憲法制定議会当時のパリのソシエテとはいかなるものだったのか」という表題の短い章が『フランス革命についての考察』の第二部にあるのだが、そこで「一七八八年から一七九一年末に至る期間」を「ソシエテ」がもっとも輝かしく勤勉だった時期と断じているからである。この三〜四年を特化する理由は何か。バスティーユ占領以降、八月には憲法制定議会で「封建的権利の廃止」を定める諸法と「人権宣言」が採択されたものの、酔うような幸福感は長くはつづかない。無数の軋轢が一挙に露呈する重大な事件がつぎつぎに出来《しゅったい》し、一七九一年九月には実権を失った国王が新憲法を受けいれる。「立法議会」成立の祝賀ムードは見せかけにすぎず、翌一七九二年の八月には国王が廃位・幽閉され、ここで権力を掌握した国民公会は恐怖政治へとエスカレートしてゆくことになる。

ネッケルは国王に仕える大臣として、一七九一年憲法の草案が策定されていた当初は王権と議会勢力との対立を調停するために努力をかさねていたのだが、早くも一七九〇年九月に辞任する。わずか一年で人気が凋落したという指摘がしばしばなされるけれど、国王夫妻は改革派と民衆の勢いに恐れをなしてネッケルを復帰させただけであり、ジュネーヴの銀行家と宮廷勢力のあいだに信頼関係はない。議会に選出される資格すらない外国人が「世論の政治家」を称し体を張って事態を収拾できる局面ではないことを、ネッケルは早々に悟ってしまったのである。

スタール夫人の「失神」を招き、四半世紀後にも思いおこされる「精神の昂揚《アントゥージアスム》」という名の昂揚は、当然ながらこうした具体的な政治の紆余曲折に向けられたものではない。そうではなく、今この瞬間に、アンシャン・レジームの身分社会が崩壊し、近代的な個人が誕生するのだという直感的理解が、国民的なスケールの歓喜と陶酔を支えていた。

ところで「一七八八年から一七九一年末に至る期間」のソシエテが見せた光輝と勤勉は、上記のような精神の昂揚とも具体的な政治の趨勢とも異なる水準に位置すると思われる。スタール夫人の立ち位置からして明らかなように、それは自由派の貴族と知識人の集う立憲王党派のサロンで見られた風景なのだが、この現象を会話の政治化とあらかじめ定義しておこう。

> 当時はまだ政治的な事柄が上流人士の手中にあったから、自由の活力と過ぎし時代の礼儀作法の優雅さが、同じ人物のなかで結びついていた。〔……〕教養と才能において傑出した第三身分の男たちが、そうした貴族たちに合流していたが、貴族たちも団体としての特権ではなく、みずからの能力を誇りに思っていたのである。その結果、社会秩序という課題が提起しうる最も高度な諸問題が、それに耳を傾け、それを議論することに最も長《た》けた知性によって検討されていた（CR 301）。

晩年のスタール夫人の「ソシエテ論」は、英仏の比較を基盤として構成されている。すでに安定した代議制が機能するイギリスの社会には存在しない特殊な状況が、四半世紀まえのフランスにはあったとスタール夫人は考える。あのとき「自由の活力」と「貴族のエレガンス」が不意に渾然一体となり、いかなる国の歴史にも例のない「語ることの技」l'art de parler が出現した。それは革命初期に最高潮に達したというのである。さらに重大な英仏の相違があって、この問題はいずれ小説のなかで仔細に検討されることになるのだが、論点は、それが男だけの会話か否かというわかりやすい一点にかかっている。

控え目な女性が評価されるイギリスと異なり、フランスの女たちは自分の家ではつねに会話の主導権を握ってきたとスタール夫人は考える。それゆえ「公的な事柄」についての議論に参加して、論争の刺々《とげとげ》しさを和らげる術を女たちは心得ている。守旧派の陣営と自由派の陣営が睨み合いになったときにも、自分がやったように、両陣営のキーパーソンを食事に招き、対話の糸口をつくることができる。そもそも男女の絶妙な駆け引きを前提とする「会話の技」は、すぐれてフランス的なものといえる。対立する利害や意見がいかに熾烈な争いをくり広げようと、「語られる言葉《パロール》」が仲介役を果たすことができていた。あれは「フランスの精神」が最初で最後の輝きを見せたときだった。

スタール夫人の理解によれば「一七八八年から一七九一年末に至る期間」に見られた会話の政治化という現象は、じつは政治の女性化という特質を伴っていたのである。あのころの勤勉な「会話の精神」は、一七九二年以降の恐怖政治のもとで窒息し、総裁政府期にやや変質しながらも息を吹き返し、ナポレオン独裁下で圧殺された——このような見取り図は、一握りの恵まれた人びとの視点から描かれたものだという批判もありえよう。しかし圧倒的な影響力をもったひとりの女性が、みずからの体験に即してこのように社会と政治を捉え、そこで「語られる言葉《パロール》」への熱い信頼を語っていたこと自体は、まぎれもない歴史の事実なのである。

スタール夫人の思い描く理想の「ソシエテ」を、かりに今日の用語に置きかえるなら、男女共同参画の自由な言論空間があり、そこに礼儀作法が温存されていることが不可欠の要件となるだろう。男だけの会話や議論、礼節を知らぬ言葉のやりとりは、しばしば不毛であり、宿命的に人類の半数を置き去りにする。そこに望ましき社会秩序が立ちあがるはずはない。スタール夫人は手を変え品を変え、そのことを主張しつづけた。

アメリカ独立革命とパリのアメリカ人たち

よく知られているようにハンナ・アレントの『革命について』(一九六三年)は、アメリカ独立革命とフランス革命の比較論として構成されている。著者は冒頭で「革命」が「戦争」と異なるのは、これが「暴政に対する自由という大義名分」をもち、近代世界の「新しいはじまり」new beginningを徴《しるし》づけているからだと述べる。

そこで本書では、こう問うてみたい——自由こそが革命の目的であったというアレントの主張は、渦中で生きたスタール夫人の実感にどのていど見合ったものといえるのか? 「アメリカ革命とフランスの革命の両方に見られる巨大なパトス」(四六)というアレントの言葉は、これが「自由の観念」と不可分であるという一点からしても、スタール夫人が「精神の昂揚《アントゥージアスム》」と呼ぶものに近似するのではないか？　さらにアレントは「同時代の人びとの見解では、もし大西洋の反対側に栄光ある先例がなかったとしたら、フランス革命はけっして起こらなかった」（三五一）と断定するのだが、この指摘を――かりに今スタール夫人が甦ったとしたら――「同時代」の人間として肯定するだろうか？　これらの疑問に即答することはむずかしいけれど、まずはフランスとアメリカとの地政学的な距離を測定することから始めたい。

第1幕冒頭の場面、ジェルメーヌが十歳の年に時計の針を巻き戻す。一七七六年七月四日、アメリカ大陸会議で十三州の独立宣言が採択されて、その年の秋、フランスとの通商・同盟条約締結交渉のために使節が派遣された。代表のベンジャミン・フランクリンは、すでに六十九歳の高齢者。蠟燭職人の子に生まれ、印刷職人から始めて財をなした出版業者、独学の偉大な科学者（とりわけ避雷針の発明者）、経済学者にして思想家、植民地行政に通じた政治家、等々の肩書きに加え、したたかな外交官という評判が定着することになるだろう。

この時点で英仏は正常な友好国の関係にあり、イギリスの統治に反旗を翻した新大陸の住民に王政の国家フランスがおいそれと荷担することはできない。そうかといって植民地の争奪戦でイギリスに完敗した恨みを忘れたわけではないし、今ここで装備も整わぬアメリカの独立軍を見殺しにして、前例のないグローバル帝国がフランスの対岸に出現することも望ましくない。優柔不断なルイ十六世と廷臣をせっついて、密使を立てて暗躍し、ついに武器弾薬を新大陸に輸出することに成功したのは、あのボーマルシェである。『フィガロの結婚』の作者はもっとも早い時期に自由という名の「巨大なパトス」に感染したフランス人のひとりだった。ボーマルシェが武器弾薬の代償を受け取り損ねたのと、フランクリンの登場とはどうやら微妙に関係していたらしいのだが、ともあれこの老獪な政治家は、到着後ただちにヴェルサイユにおもむき、初対面で外務大臣ヴェルジェンヌの信頼を勝ち得たうえで、ボーマルシェとも対立することなく着々と武器や装備をアメリカに送る手立てを講じ始めたのである。

しかしフランクリンの武勇伝はむしろサロンでつむがれた。リルティの指摘するように、外交駆け引きの舞台はヴェルサイユの宮廷からパリの社交界に移っていたのである。十数年をイギリスで暮らし、イギリス学士院会員であり、郵政の行政官として出世したフランクリンは、素養という意味ではイギリス紳士としてふるまうこともできたはずだった。ところが彼は、あえて新大陸のラフな服装のまま、国際的には存在すら認知されたわけではない素朴で勤勉な「アメリカ人」という国民性《ネイション》を堂々と演出し、一躍サロンの寵児となった。トランプのゲームがホイストからボストンに入れ替わるほどのアメリカ・ブームが巻きおこり、一七七七年に義勇軍を率いて大西洋をわたった十九歳のラ・ファイエット侯爵は「新大陸の英雄」と称えられた。

この時期、英仏のスパイ合戦は頂点に達していた。外国人の動静を監視する仕事は外務省の「外国人管理局」とパリ警察長官の担当だったが、パリ駐在イギリス大使ストーモント卿は、あまり評判の芳しくない人物で、フランクリンに密着して行動を探らせ、なりふりかまわずサロンでの情報戦に臨んでいたらしい。なにしろ情報の乏しい時代のことだから、反乱軍の負け戦をまことしやかに報告し、それが完全なフェイクニュースであったことが判明しても、責任ある立場にさほど傷がつくわけではない。しかしフランクリンの情報戦略のほうが、よほど洗練されている。戦況にかかわる朗報は言外に匂わせるだけにとどめ、あるディナーの席で「アメリカ大陸会議のために乾杯！」と好意を示してくれた招待者に対し、「そしてフランス国王との幸福な同盟のために！」と唱和する。着々と外交交渉が進んでいるらしいとの噂が一挙にパリのサロンに広まれば、ヴェルサイユでの交渉でもマイナスになろうはずはない。よくある表現を借りるなら、フランクリンのめざましい活躍により、一七七八年二月、米仏の同盟が成立し、フランスはイギリスに宣戦布告。フランクリンは駐仏全権公使となり、アメリカとイギリスの戦争が終結し一七八三年にパリ講和条約が締結されるまで、対英交渉の代表をつとめたのだった。

図２−２　ベンジャミン・フランクリン（ジョゼフ・デュプレシ画）

アメリカで「建国の父」と呼ばれる初代政治家たちは、ギリシャ・ローマの古典にも啓蒙思想にも通じたヨーロッパ的な教養人である。今でいうなら移民二世のフランクリンも然り。新大陸の野生人というエキゾチズムを演出しただけで、パリでサロンの寵児になれるはずはないのである。御年七十歳のフランクリンに熱烈な女性ファンが多かったという話は伝説になっている。足繁く通ったのは、エルヴェシウスの美しき未亡人のサロンであり、深い共感に結ばれて、ついに結婚を申し込んだけれど、冷たく断られたというエピソードは、あまねく知られていた。なにしろ結婚を断られた直後に書いた恋文というのが、本人の自宅の印刷機によって印刷され、公開されているのである。すでに述べたように、一般に手紙は朗読される可能性を想定して書かれているのだが、これを関係者に無断で印刷することは、決して許されぬマナー違反だった。未亡人は問題の恋文を受けとったのちもフランクリンとの親密な交際をつづけている。思うに印刷を許可しただけでなく、まっ先に自分のサロンで、自ら朗読していたのではないか。それほどに、フランクリンの恋文はヨーロッパ的な教養への洒落た目配せとフランス的エスプリの粋をふくんだフランス語作文の模範なのである。一流のサロニエールなら、これほど話題性のあるフランス女性へのオマージュを隠匿するはずはない。

それにしてもフランクリンがパリで活躍していた一七七〇年代の後半、ネッケルの娘はまだ十代の少女である。その後、アメリカ革命を体現するもう一人の人物にスタール夫人が出遭うのは、まさにフランス革命勃発の年。帰国したフランクリンにつづいて一七八五年から一七八九年まで第二代駐仏全権公使を務めたのはトマス・ジェファソン。その任期とかさなって、一七八九年の初頭、ジョージ・ワシントンの腹心がパリに派遣されてきた。ガヴァヌア・モリスは三十六歳の美丈夫で、素朴な木製の義足をひときわ目立つトレードマークにしているが、片脚を失ったのは戦場ではなくて、自慢にならぬ馬車の事故のため。内々に託された任務は、独立戦争による対仏借款の返済方法に関する非公式の交渉であり、友人に依頼された煙草取引のほか、アメリカの土地を売るという不動産業の目的もあった。革命が急進化する一七九二年の初頭、初代大統領ワシントンのもとでモリスは第三代の全権公使に任命されるのだが、当面は正式な公使館員でもなく、純粋な民間人でもない、曖昧な立場で行動しているように見える。話を先取りすれば、ネッケルは一七九四年の末、モリスの仲介でペンシルヴァニア州に四千アルパンの広大な土地を購入する。投資と同時に、万が一の場合のアメリカ亡命という可能性も考えていたのだろう。じっさい一八一〇年、皇帝ナポレオンに迫害されるスタール夫人にとって、その亡命計画は現実味を帯びたものとなる。

ジョージ・ワシントン、ベンジャミン・フランクリン、アレクサンダー・ハミルトン、ジェイムズ・マディソンほどに著名ではないけれど、ガヴァヌア・モリスが一七八七年九月十七日に採択された合衆国憲法案について、その構想から草稿の清書まで深くかかわっていたことは確認されている。トマス・ジェファソンはパリにいてアメリカの会議に参加することはできなかったし、公使という立場上の制約もあった。先例のない巨大な連邦制国家のためにコンパクトな成文憲法を起草したばかりの委員会メンバーが、三部会の召集を目前に控えた一七八九年初頭のパリに、突如あらわれたのである。自由派・改革派の陣営が期待に胸をふくらませたのは当然だった。

ガヴァヌアの母はラ・ロシェルからオランダを経由して新大陸にわたった新教徒ユグノの子孫。フランス語綴りの「総督」gouverneur という奇妙なファースト・ネームは、母の旧姓を息子の名として受けつがせる風習に由来するという。父方の祖先はクロムウェルの同志だったというから社会的にはエリートである。三代目に当たるガヴァヌアは大地主の末息子として充分な教育を受けるが、財産は長子に相続されるため、経済的には自活しなければならない。母の意志によりフランス語教育が重視され、渡仏する以前から、ラ・ファイエットなど独立戦争に参加したフランスの軍人たちと親しく交わっていた。豊かな美声と巧みな話術と社交的な性格と三拍子そろった義足のモリスは、フットワークも軽くパリのサロンを探索し、貴重な文献を後世に託すことになる。

ガヴァヌア・モリスの『日記』――アメリカ人の見たフランス革命

モリスの『日記』は死の直前まで断続的に書きつがれ、草稿のまま未亡人の手元に遺された。なかでも一七八九年三月一日から一七九二年十月八日までの日付をもつパリ滞在記は、サロンの日々の風景や、緊迫する政治情勢や、重要人物についての感想や酷評を記録したかけがえのない史料である。革命史や政治史の研究者は口をそろえてその価値を喧伝するのだが、きちんと読んだ者が果たしてどのぐらいいるのだろう。現在出回っている一八八八年の版（仏訳は一九〇一年）は、孫娘にあたる編者によってヴィクトリア朝的な検閲が行われ、膨大な草稿から取捨選択されたものであることも指摘しておかねばならない。

『日記』の冒頭のページは、リルティの格調高い文化史には収録されぬ現実の断片、幻滅の体験を語っている。招待されたサロンには汚れたナプキンがちらかって暖炉にも火の気がなく、ようやく体裁が整えられて供された食事は貧弱で食中毒をおこしそうなものだった、等。三月五日にはジェファソンとともにヴェルサイユに赴くが、廷臣の尊大さはきわめて不快。パリのサロンではフランスに共和政が可能か、アメリカの憲法をいかに評価するか、と男も女も聖職者も熱心に語りあっている。しかし、いかにも机上の空論という印象、等々。

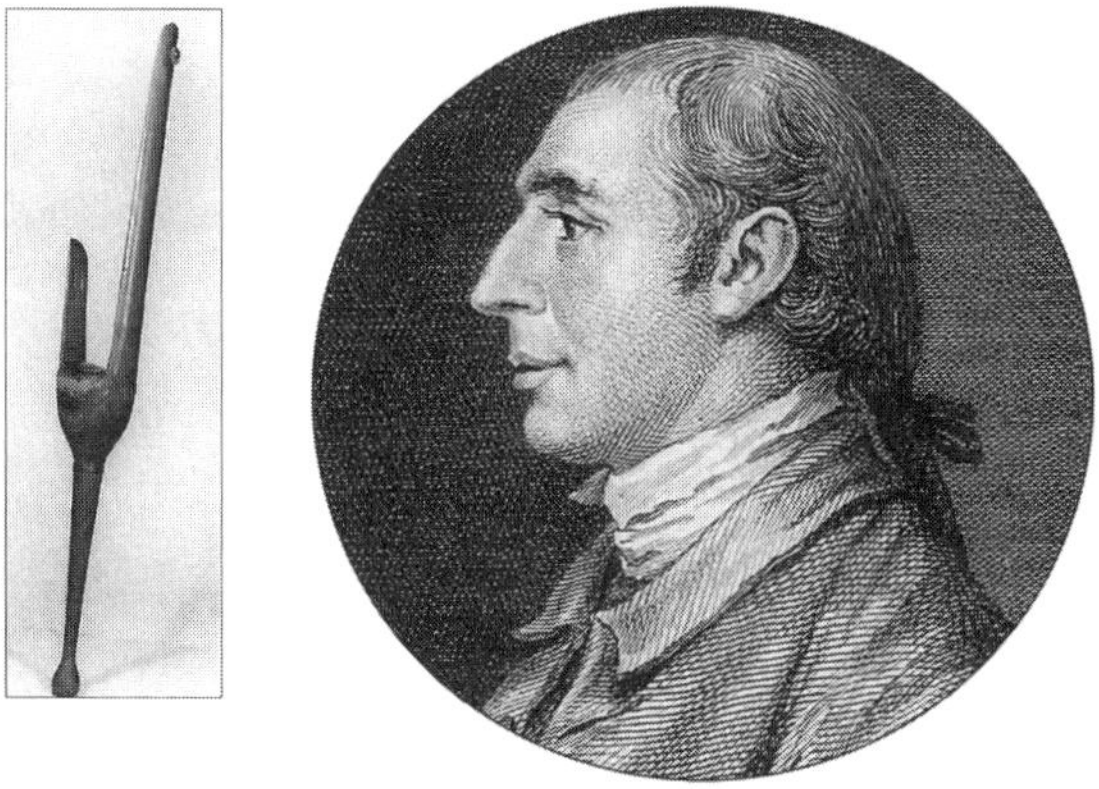

図2－3　ガヴァヌア・モリス（27歳）と愛用の義足

　自宅にサロンをもたぬ社交人は、週に二〜三回、四〜五時間の外出で馴染みのサロンをはしごするというのが、アンシャン・レジームの平均的パターンだったらしいが、モリスはその何倍も精力的かつ効果的に動き回っている。三月二十七日にネッケル邸のディナーに招かれたモリスは、まもなくスタール夫人のサロンの常連となる。『日記』には、初対面のネッケルの印象として、見るからに金融業の人間がビロード服を着込み廷臣としてふるまうことへの違和感が記される。フランクリン、モリスをふくめアメリカ共和国の初代政治家たちは——皇帝ナポレオンとは正反対に——ヨーロッパの宮廷を模倣せず、公式の場でも市民的な背広を着用したのである。

スタール夫人については「しっかり者」のようだが「性格にはどこか男性的なところ」があり、様子は「小間使い」そっくりと記されており、とりわけ「小間使い」という形容は、今日もしばしば引用されて、悪意をこめた身体描写と解釈されている。そこでスタール夫人の名誉回復のためにひと言。英語の chambermaid をそのまま femme de chambre という日常的なフランス語にしてしまったところが、訳者の素養の問題なのだけれど、ホテルでベッドメイキングをやる中年女性を思い浮かべてもらっては困る。フランス文学の「小間使い」soubrette は、モリエール以来の長い伝統をもつ演劇のキャラクターなのであり、ここはやはり『フィガロの結婚』のシュザンヌ（モーツァルトのオペラではスザンナ）への目配せにちがいない。役どころとしては、貴族の奥方に仕える平民の娘、それも聡明で自立しており、機転の利く魅力的な娘である。のちの話だが、スタール夫人がコペの城館で素人芝居に熱中したとき「小間使い」の役を得意としたという証言もある。モリスの記録した初対面の印象に関しては、場所も実家のネッケル邸であり、「サロニエール」としての風格よりも「小間使い」の潑剌とした風情が目についたものと推察される。

モリスがフラオ伯爵夫人と遭ったのは、ネッケル邸を訪問した三日後である。その日の日記に「これは脈あり」Nous verrons とフランス語で書き込んであるのは、女性のほうから積極的なアプローチがあったことの覚え書き。とりたてて容姿に恵まれてはいないのに、なぜか一流の男たちを惹きつけてやまぬスタール夫人と異なり、フラオ夫人は美女である。ルイ十五世の側近を実父とする非嫡出子であるとされ、歳の離れた無能な夫をあてがわれて、王室の援助などを当てにしながらサロニエールの体面を保っていた。一七八五年に生まれた男児がタレイランの子であるという説は、モリスによれば世間でも確実とみなされていた。

　編者に校閲されたモリスの『日記』を仔細に眺めても、フラオ夫人とモリス本人の関係の深化について決定的な証拠は得られない。かなり腐れ縁になりかけているタレイランとフラオ夫人との距離、そしていかにも親密そうにふるまうタレイランとスタール夫人との関係についても、曖昧なことしかわからない。しかも、モリス自身が「もし貴女がタレイランの口説きに耳を傾けるようなら、小生は隙に乗じてフラオ夫人を口説き落とします」とスタール夫人に宣言したり、どうやら自分がスタール夫人に口説かれたらしいのでこちらも「脈あり」などと日記に書きつけたりもする。要するに本気か戯れか判然としない、とてつもなく錯綜した四角関係が、一七九〇年の初頭には成立していたように見える。

図２－４　フラオ伯爵夫人

　そろって個性的な四名が、ある時期から日常的にサロンで顔を合わせ、長時間をともにすごし、ときどき組み合わせを変えて密室で談合し、たまには痴話喧嘩めいた諍いも交えながら、ただし一貫して真剣に語り合っていた。先例としてのアメリカ革命を論じ、フランスにおける共和政や二院制の可能性を問い、執行権としての王権の保全について議論を重ね、革命の進むべき道を模索していたのである。ここで強調しておかねばならないが、モリスは単純素朴な共和主義者ではない。そもそもアメリカの国制を旧大陸に移植することには懐疑的だった。たとえば「特権の廃止はあらゆる所有権を脅かす」というのが彼の持論なのだが、この論点に対するスタール夫人の反応については「才能は大いにあるが知識が足りない」と『日記』に感想が記される。またあるときは、スタール夫人が客に仕掛ける声高な論争に辟易したモリスが、スイスに行って少し頭を冷やしたら「統治についての観念」が地に着いたものになるだろう、と面と向かって批判する。要するにスタール夫人とモリスは遠慮会釈のない、そして相手の知性への対等な敬意にもとづく論争相手になっていた。

サロンの会話は原則としてフランス語だけれど、二人はスタール男爵に話を盗み聞きされぬよう、不意に英語に切り替えたりして戯れていたらしい。ちなみにネッケルも人前での内輪のやりとりのために英語を使うことがあり、ルイ十六世が不自由なく英語を読んだらしいことは、一七九一年九月にモリスが国王宛ての書簡をしたためたとき、王妃のために仏語訳を作成したという経緯から推測される。

英語圏とフランス革命の現場をつなぐ隠れたキーパーソンはフラオ夫人だった。オルレアン公に近いサロニエールとして自由派貴族の人脈や情報網もあり、特殊な生い立ちのおかげで英仏の完璧なバイリンガルだったから、モリスもタレイランも、重要な秘密文書の翻訳が必要なときにはフラオ夫人の知性と語学力を当てにした。モリスが国王宛てにしたためた極秘書簡の情報がタレイランに漏れ、さらにスタール夫人に伝わったのは、モリスがフラオ夫人にフランス語訳の添削を頼んだためであるらしい。革命が勃発してからは王室の援助も滞るようになっており、フラオ夫人は自力で生きぬくために情報通としての足場を固め、ときおり小出しに情報を漏洩し、大物相手の交渉や説得に当たることも進んで引き受けていた。モリスによるならフラオ夫人の状況判断は男も舌を巻くほど的確で、睦まじき二人は、半ば戯れ半ば本気で新体制にふさわしい大臣名簿を作ってみたりした。「ねえ、これであなたとわたし、二人でフランスを統治できますわ」という夫人の名台詞が『日記』に記録されている。アメリカ人外交官の見たフランスは、まことに「女の国」だった。

一時はスタール夫人に匹敵する政治通であったはずのフラオ夫人は、のちに恐怖政治を逃れて単身イギリスに渡り、生活のために「小説」を書くようになる。パリに帰還し、再婚相手の名前スーザ夫人を名乗るようになってからも作家として生きた。一説によればフランス革命の勃発から帝政崩壊までの四半世紀に、四千から五千の小説が出版されており、その大方は女性作家によるものであるという。なぜ、あれほど政治に熱中した女性たちが、本格的な「回想録」や「革命論」を書こうとしなかったのか。じっさい政治について語ることと書くことのあいだには、大きな径庭がある。書簡や個人的な思い出やフィクション以外のものを公表することは、想像を絶するほど危険なもくろみだったのかもしれない。

さてバスティーユ占領から半年後、モリスが大統領ジョージ・ワシントンに宛てた一七九〇年一月二十四日付けの書簡には、革命の急進化と緊迫した政治情勢が報告されている。前年の秋、民衆に連行されてヴェルサイユからパリに帰還したルイ十六世は、事実上、軟禁状態にある。国民議会のメンバーは、高位聖職者と貴族からなる守旧派のグループ、自由な統治を求める雑多な人びとのグループ、そして「アンラジェ」と呼ばれる過激なグループに三分されており、第三のグループが民衆を巻きこむようになっている。守旧派はプランもアイデアもないが、機会があればただちに武器をとるだろう。中間派は残念ながら書物の知識に頼るばかりで現場の政治を知らない。議会の審議は空転するばかり。演説は前もって「若い男女の小さなソサイエティ」small society of young men and women で朗読されるのだが、なかでもスタール夫人のサロンはウィット（エスプリ）をもつ男性たちの参集する「アポロンの神殿」のようなものである——という形容は、手放しの賛辞のようだが、つづくエピソードはむしろ辛辣なものであり、モリスがフランスのサロン文化に対して冷静かつ批判的な距離を保っていることがわかる。さらにルイ十六世の優柔不断を嘆き、ネッケルの政策をこきおろし、悲観的な観測を開陳して長文の報告はおわる。

モリスの証言のおかげで、わたしたちは「若い男女の小さなソサイエティ」における侃々諤々の議論を思い描くことができた。しかし史料としての『日記』の価値は、一見どうということもない細部にも宿っている。フラオ夫人の邸ではサロンと化粧室や浴室との仕切りが緩やかだったらしく、着替えの場面もあり、入浴の場面で客が招じ入れられた、などと不思議なことが記されている。一方、ネッケル邸は非公式の執務室のような主《あるじ》の書斎とサロンを往き来できるようになっており、賑やかなディナーと別室での密談がセットになっていたりする。モリスはワシントン宛ての書簡を書く以前、年末にかけてネッケルの書斎に幾たびかとじこもり、あらゆる問題を腹蔵なく話し合ったらしい。そして政策は批判しながらも、ネッケルの「廉直」probité は認めぬわけにゆかぬと『日記』に書き記す。

お気づきの方もあろうが、わたしは「サロンは「公共圏」か?」という本書「はじめに」の問題提起に、そろそろ決着をつけたいと考えている。じっさいモリスは、複数のサロンをはしごするだけでなく、カフェに坐って友人と談笑し、公使館に顔を出し、男ばかりのクラブに立ち寄り、酒場での飲食もやり、夜は女性をエスコートしてオペラや演劇を鑑賞することもある。しかし今、列挙した空間で、しかるべき女性が単独で行動できるのはサロンの内部のみであり、いいかえれば、サロンは一般の公共空間とは異なる独自のジェンダー秩序によって支えられていた。にもかかわらず、現代の研究者がスタール夫人のサロンとパレ・ロワイヤルのカフェとを一括りにしてしまうとすれば、それは性差の問題に疎い男性の空間感覚が優先しているからにほかならず、これでは「公共性」をめぐる考察も、男性の視点を中心としたものとならざるをえない。なおのこと、サロンは「ネッケルの執務室」にも「フラオ夫人の浴室」にも通じているというモリスの身体的な記憶と証言は、雄弁かつ貴重ではないか。くり返すなら「若い男女の小さなソサイエティ」としてのサロンの営みは「公共圏」と「親密圏」の両方に開かれている。リルティのいう「インターフェイス」(本書27ページ)の機能がここにあることは、あらためて強調するまでもない。

最後にガヴァヌア・モリスの『日記』に記されたフランス革命批判を確認しておきたい。モリスがサロンで本音をしゃべったという保証はないけれど、会話の人であるスタール夫人が日々の論争をとおして多くを吸収し、言外の意味を汲みとり、すべてを考察の素材としたことはまちがいないのである。一七八九年六月の三部会開催の段階で、トマス・ジェファソンはフランスが共和政に移行することを密かに期待していたらしい。しかしモリスは日を追って懐疑的になってゆく。身分制を一挙に廃止することは危険だと判断し、「自分は自由への愛着ゆえに敢えてデモクラシーに反対する」とラ・ファイエットに告げる。パリに到着した当初、モリスがもっとも頻繁に会って議論を闘わせていたのは、独立戦争の戦友でもあるラ・ファイエットだった。ジェファソンもモリスも自国の経験をふまえ、フランスで「建国の父」となるのは誰かを探っていたのである。

　アメリカの「建国の父」に匹敵するフランスの為政者は、既存の権力である王権と革命的な世論を仲介し、成文憲法によりしかるべき政治制度を可視化して、国民の政治的自由を創設する能力をもたねばならない。一七九〇年の末、モリスはラ・ファイエットの「無能さと愚かさ」についてのジェファソンの酷評を『日記』に記録する。それまでもくり返し、この人物の「虚栄心」に幻滅したと書いているのだから、予想された結論にすぎない。ネッケルがその器ではないことは知りつつも、人物の「廉直さ」には共感を覚えるモリスが、策謀家のタレイランを信用しないのは当然のことだった。ワシントンほどの器というのは高望みだとしても、英国なら「ステイツマン」と呼ばれる国家指導者、時の大臣小ピットに対峙するような政治的権威がフランスには存在しないことを、モリスは痛感していたにちがいない。

「形而上学的な狂気」を追う不幸な国について、不吉な予言が下されるのは、一七九〇年十一月十九日の『日記』である。君主は財源も権威も友人も奪われて物乞い同然のように見える。議会は主人であると同時に奴隷の身でもあり、理論は先鋭だが実践の経験がない。すべての権能を掌握しながら何ひとつ手をつけられず、こともあろうに、血気盛んな「人民」peupleから宗教という箍《たが》をはずしてしまった。この人民の意志、すなわち民意を方向づけ、その力を穏健なものに撓《たわ》めることができる才覚がどこにも見当たらない、とモリスは書き記す――「ほぼ確実と思われることはひとつだけ。栄光ある機会は失われた、そして（少なくとも今回は）革命は失敗したのである」。

第3幕 恐怖政治からボナパルト登場まで
——「黄金のサロン」と「活動」としての会話

革命は急進化の一途をたどり、王政を廃して共和政に移行（一七九二年九月）。国民公会の「恐怖政治」が展開され、指導者ロベスピエールがテルミドールのクーデタにより失脚するまでつづく（一七九四年七月）。その後、新憲法による「総裁政府」が樹立されるが（一七九五年十月）、政権は不安定なまま、将軍ボナパルト率いるブリュメールのクーデタにより崩壊（一七九九年十一月）。五年後には第一帝政が誕生する。

政治参加を求める女たちの最後の舞台である。ギロチンの猛威から解放されたパリで、スタール夫人はバンジャマン・コンスタンとともに言論活動を再開した。国民公会議員の生き残り、鳴りを潜めていた立憲王党派、密かに絶対王政の復活を願う者。これら雑多な陣営に対し、二人は「中道路線」の共和派を名乗り、流動的な政局を睨んで果敢に働きかけた。元立憲王党派のジャーナリストによる好意的な証言、国民公会議員から転じてボナパルトに仕えた政治家による酷評など、現場にいた者たちの回想に耳を傾けてみよう。スタール夫人の「雄弁」あるいは「陰謀」と呼ばれたものは何であったのか？

政治的な影響力をもつ「黄金のサロン」は、人びとの憧憬と畏怖と反感の的となったのち、第一統領ナポレオンのもとで衰退する。女性を「公の事柄」から排除することは、未来の皇帝の個人的な好みを反映した仕草にすぎないようにも見える。しかしこの選択が、必然的なもの、合理的なものとみなされて、近代ヨーロッパの社会秩序が構築されてゆくことを忘れてはなるまい。一八〇四年の民法典は、既婚女性の法的な人格を認めなかった。いわば半人前とみなされた女たちは、こうして家庭という「親密圏」に閉じ込められ、発言を封じられたのである。

恐怖政治とは何であったのか？

「新世界と旧大陸の諸国を結びつけていた絆を断ち切った唯一の事件があるとすれば、それはフランス革命であった」とハンナ・アレントは述べる（『革命について』三五一）。さらにつづけて「同時代の人びとの見解では、もし大西洋の反対側に栄光ある先例がなかったとしたら、フランス革命はけっして起こらなかった」（本書57ページに引用）と断定するのだが、二つの展望が矛盾するように思われるのは、一瞬のことにすぎない。二世紀にわたり両大陸をつないできた精神的・政治的な紐帯は、ますます強靭なものとなったのち、不意に切断されたのであり、その原因は革命という事件そのものではなく、革命が辿った悲惨なコースにあった。国民公会の恐怖政治を経験し、共和制を放棄して、ナポレオンの帝国をえらんだフランスは、アメリカ革命をモデルとする原動力だけでなく、その申し子となる正統性も失ったのである。

スタール夫人は、大きなうねりのようなアメリカ熱の上げ潮と引き潮に、もっとも深くかかわった一人だろう。すでに見たように新大陸の共和国アメリカは、公式に外交の舞台に登場する以前から、サロンの政治論争において顕著な存在感を示していた。海のかなたの独立革命は「語られる言葉」の水準で輝きを放ったのち、「書かれた言葉」によって社会に浸透するいとまもなく、憧れの対象であることをやめてしまったようにも見える。それにしてもスタール夫人が暗黙の参照点として、アメリカという「自由の国」を念頭に置きつづけたことに疑いの余地はない。死の直前に第三代アメリカ合衆国大統領トマス・ジェファソンに宛てた私信（本書192ページ）などからも、そのことは確認できるのだが、この問題はあらためてとりあげよう。

ちなみに「書かれた言葉」のプレゼンスが皆無だったわけではない。ジェファソンは、公使としてパリに滞在した時期に、ネッケルと親しく交流した。数年前の一七八一年、ルイ十六世の命により生まれたばかりの合衆国の国情について在米フランス公使が調査を開始したときに、現地で報告書の作成を依頼されたのは、当時のヴァジニア邦知事ジェファソンだった。『ヴァジニア覚え書』と題された報告書は、紆余曲折ののち一七八六年にフランス語版がパリで刊行される。十三州のなかでも急進的とみなされる邦憲法なども紹介されており、ネッケルやスタール夫人をはじめ、アメリカ贔屓の知識人たちが熱心に読んだものと想像される。一七八〇年代、国王に仕えるネッケルが、王政の廃止を前提とする共和政体を支持する立場になかったことはいうまでもないが、テュルゴの弟子コンドルセなどは、英国モデルに対抗して合衆国をモデルにえらぶ。そして『アメリカ革命のヨーロッパに対する影響について』（一七八六年）をはじめ、印刷物による論争を展開したのだが、そのコンドルセも一七九四年に、恐怖政治の犠牲となった。

こうした環境のなかで、スタール夫人は倦むことなく政治を語りつづけるかたわら、とりあえず「文学」の範疇におさまりそうな小品を一七八八年の末に発表した。『ジャン＝ジャック・ルソーの著作と性格についての書簡』は、ネッケル夫人のサロンで朗読されたのち、少部数が印刷されて内輪で配布されたのだが、いつのまにか海賊版が出回って、著者は華やかな作家デビューを果たしたのだった。ルソーの作品論に父ネッケルへの熱烈な賛辞が混入した不思議なテクストなのだが、サロンの朗読にふさわしい形式だったことは確かなのだから、その形式自体も、今日は失われてしまった口語的なジャンルという意味で興味を誘う。草稿を校閲したのは、ほかならぬジャン＝バティスト・シュアール、『文芸通信』に好意的な書評を載せたのはアンリ・メステル。ご記憶のように、いずれもネッケル夫妻のサロンで年金の恩恵にあずかっていた常連である。

スタール夫人がいう「ソシエテ」の全盛期、一七八八年から一七九一年末に至るまで、本人はサロンの政治化を大いに歓迎し、嬉々として論争を挑み、世論に参画する醍醐味を味わっていたものと思われる。一七九〇年の末、ガヴァヌア・モリスが「革命は失敗した」と日記に書きこんだのと時を同じくして、エドマンド・バークの『フランス革命の省察』がロンドンで刊行された。ジャコバンの急進化に警鐘を鳴らし、ネッケルの政策を擁護する論述を、ネッケル家の親子は出版と同時に原典で丁寧に読んだにちがいない。バークの痛烈な革命批判は、ただちに各国語に翻訳されてヨーロッパ的な反響を呼ぶ。長い目で見れば、この著作はモリスとの会話よりはるかに深刻で持続する影響をスタール夫人におよぼしたはずであり、それは革命の辿ったコースからしても当然のなりゆきだった。

一七九二年の夏から事態は緊迫の度を増して、革命は制御しがたい暴力へとエスカレートする。八月、国王一家がタンプル塔に監禁され、つづいて「九月虐殺」と呼ばれる民衆蜂起により、おそらく一三〇〇人ほど（そのうち女性は四〇人ほど）が処刑された。九月二十一日、王政が廃止されジロンド派主導の国民公会が成立。一七九三年一月、ルイ十六世をギロチンで処刑。三月「革命裁判所」創設。六月、ジロンド派を粛清したジャコバン派が国民公会の主導権を握る。九月五日、国民公会で「恐怖政治《テロル》」の宣言が採択されてから、翌一七九四年七月二十八日、ロベスピエールが処刑されるまでが、歴史家のいう「恐怖政治」の時期である。革命法廷で死刑を宣告され処刑された犠牲者は一万六六〇〇人、一七九三年三月から一七九四年七月までの逮捕者数はおそらく五〇万人に近いとされるが、こうした数字は確認のしようもなかったはずであり、今日も推定でしかない。客観的な情勢など皆目わからず、明日は我が身かと怯える人びとの恐怖心は、いかばかりであったことか。

スタール夫人はスウェーデン大使夫人という立場を活かして友人や知人の亡命を援《たす》けていたが、「九月虐殺」に遭遇して間一髪というところでパリを脱出し、レマン湖の畔コペの城館で両親と合流した。ネッケルは危険を冒して国王裁判の弁護を申し入れ、却下されると『ルイ十六世に対する裁判についてのフランス国民に宛てた省察』をパリで公表。一七九三年には『平等についての哲学的省察』を執筆する（二年後に『フランス革命論』の第四巻として刊行）。ちなみにロザンヴァロンはこの論考をバークの『フランス革命の省察』と対をなすものとして評価したうえで、ネッケルはもっとも早い時期に自由と平等の相克に注目した思想家であると太鼓判を押している。じっさい国民公会は、平等を追求することにより、革命の大義であった自由を犠牲にするのだが、この相克について、スタール夫人はネッケルと顔を合わせれば語り合っていたにちがいない。

一七九三年の九月、スタール夫人は『王妃裁判についての省察』と題した小冊子を匿名で出版する。「おお！　あなた方、あらゆる国々の、あらゆる階層の女性たちよ、どうかわたしの胸の疼きを分かちあいながら耳を傾けていただきたい。マリー＝アントワネットの運命は、あなた方の心の琴線に触れるものすべてをもっている」という呼びかけから始まる書物によって、著者は女性読者に特化して、世論に働きかけようとこころみた。しかし革命の嵐に翻弄されながら夫と子供を守ろうとした健気な王妃をひとりの女性として救済しようという目論見は、パリの「ソシエテ」が文字通り壊滅してしまったこの時点において、もはや反響を呼び覚ますことはない。今日の歴史家も認めるように、王妃は言語道断の恥ずべき裁判をへて、十月十六日に処刑されてしまったが、やがて神話的なヒロインとして甦る。王政復古に合わせ、一八一四年に復刊されたスタール夫人の著作も、そのような文脈で愛読されることになるだろう。

一七九四年七月、反ロベスピエールの陣営が結束したテルミドールのクーデタにより、国民公会を主導してきた「清廉潔白」な政治家が失脚し、ギロチンが猛威をふるう底なしの「恐怖政治」はとりあえず終焉した。五年前、歓喜のなかで革命の幕開けに臨んだ人びとは、支払った犠牲の大きさに茫然自失して、語る言葉を失っていたにちがいない。とりわけ初期の革命を主導した知識人たちは「恐怖政治とは何であったのか？」という重苦しい問いに向き合わねばならぬはずだった。

この時期、バークとネッケルとスタール夫人は英米仏の革命をめぐるひとつの見取り図をすでに共有していたと思われる。バークは、イギリスの名誉革命につづく「権利章典」（一六八九年）について、それは祖先から相続した「イギリス人の権利」であって、抽象的原理に立った「人間の権利」ではないと指摘した。ネッケルは、アメリカ合衆国憲法の「権利章典」（一七九一年の修正条項）は、すでに培われた政治的資質の要約であるのだが、これに対してフランスの「人権宣言」は、すべての国民に適合しうる普遍的な理念として人権を定義していると考える。こうした見解を受けて、スタール夫人は、一七九四年の末に刊行された政治的論考の処女作『ピット氏とフランス人に宛てた平和についての省察』のなかで「フランスを支配するのは、諸々の個人ではなく、諸々の理念である」と述べている。そして「形而上学的な抽象」によって革命が霊感を受けたことが、暴力的な急進性の要因ともなったと説くのである。ガヴァヌア・モリスの『日記』にも「形而上学的な狂気」という言葉があったことを思い起こしていただきたい。

　スタール夫人にとって、理念的なフランスと経験主義的なアングロサクソンという対比は、この先も思考を導く道標となるのだが、それはそれとして、ロベスピエールの処刑によって革命そのものが終結したわけではない。当面の課題は、フランス革命と恐怖政治が不可避的な出来事の連鎖によって結ばれているのか否かについて、いいかえれば、恐怖政治という悪の体験から切り離して、革命の謳う自由という価値を追求することが可能なのかという疑問に対して、説得的な回答を示すことだった。

政治と雄弁と「活動」について

一七九五年五月、スタール夫人はバンジャマン・コンスタンを伴ってパリに帰還する。二人は前年の九月にコペの城館で出遭い、知的・感情的パートナーとなるのだが、詳細はのちにゆずり、まずは再開されたサロンの風景を一瞥しよう。

アンシャン・レジームのサロンに馴染んだ上流社会の女性たちは、今や身内の救出のために奔走しなければならなかった。パリの「ソシエテ」はすっかり様変わりしていた。プルーストの比喩を借りるなら、それは「カレイドスコープ」（万華鏡）の図柄が一変するような具合だったにちがいない。『失われた時を求めて』が世紀末のドレフュス事件から第一次世界大戦の終結後に至るまで四半世紀の社会変動を捉えたとすれば、一七九二年九月の民衆暴動から二年足らずの激動により、フランスの社会は、それに勝るとも劣らぬ劇的な変貌を遂げたのである。しかもドラマの幕はまだ下りていなかった。

ロベスピエールの失脚を招いた人びとは、とりあえず「テルミドール派」と呼ばれたが、統一された政治信条があったわけではない。さながら寄り合い所帯のような国民公会は、それでも一七九五年十月末に新憲法が施行されて総裁政府が成立するまで、かろうじて存続する。その間、恐怖政治の被害者たちの報復テロや不満分子の暴動が頻発し、政権そのものが不安定だった。帰国を切望する亡命貴族や収監された王党派や穏健派の人びとの解放も、いっこうに捗《はかど》らぬままだった。
そうしたなかで「黄金のサロン」の絶大な影響力という風評が立つ。噂には庶民の憧れと畏怖が入り混じっていた。スタール夫人の回想するところによれば、サロンではアンシャン・レジームとその後の体制が否応なく交流することになるのだが、それは新旧の「レジーム」が和解したことを意味しない。初めて社交界に足を踏み入れた元ジャコバン派の男たちは、とりわけ礼儀作法《ポリテス》に関して傷つきやすい自尊心を抱えている。これに対して洗練されたマナーの女たちは、服装はみすぼらしかったが、精一杯の優雅なもてなしで夫や息子や兄弟のために新参者たちを説得しようとこころみた（CR 466-467）。

テルミドール派の大物を夫にもつタリアン夫人など「黄金のサロン」を主宰する女性たちのなかでも、スタール夫人はひときわ抜きんでたセレブだった。政治への積極的な参加というだけなら、一七八九年前後の王党派のサロンの顔ぶれが変わったという一般的現象にすぎないが、テルミドール事件後にスタール夫人が別格の存在になったのは、おそらく新たに生みだされた会話の技法ゆえだった。

「スタール夫人は会話に雄弁を初めて導入した」という証言は、歴史家シャルル・ラクルテルによる。スタール夫人と同じ一七六六年の生まれ、革命の初期は立憲王政への移行を期待するジャーナリストとして活躍し、恐怖政治のあいだは軍隊に入って身を隠し、テルミドール期に現場に復帰した。のちにパリ大学で教鞭をとり、アカデミー・フランセーズの会員となり、一八五五年に他界。

アカデミーにおける会員の席はフランソワ・ギゾーに引きつがれた。複数の革命史を著したが、ここで参照するのは『革命期・試練の十年』という表題の一八四二年に刊行された回想録である。ちなみに革命期の回想録は玉石混交、百篇を数えるといわれるが、詳細な注をつけて二〇一一年に再刊されており、記述の信憑性には定評がある。

さて『試練の十年』には、スタール夫人の「雄弁」を直接話法で再現した（と称する）二ページにおよぶ場面がある。七十六歳の高齢者が四十年以上まえに一度だけ耳にした長広舌を再現できるのか、という疑問もありえよう。しかしラクルテルは、一七八九年から国民議会のリポーターとして実績を積んだジャーナリストなのである。当時は速記すらなかったと本人も語っているのだが、そうしたメディア環境で、人間がいかなる知力と言語的感性をはたらかせて「語られる言葉」の精髄を捉えていたものか――先端技術にまるごと依存したわたしたちが今、想像することはむずかしい。むろん関連の草稿が存在した可能性もないではない。それにしても記憶された言葉の再現と肉声の語りのあいだには百里の隔たりがあるだろうと断ったうえで、いかにもスタール夫人らしいとみなされて本格的な歴史研究でも引用される長い熱弁を、当時の政治的状況をふまえて読んでみたい。

革命当初の理念に回帰して安定した立憲王政を待望する者たちと、国民公会の内部でロベスピエールの失脚に貢献したジャコバンの生き残り、すなわち「テルミドール派」と一括りにされた雑然たる集団とのあいだに疑心暗鬼が広がっていたことは、容易に推測できる。対立が激化したのは、一七九五年八月の憲法により新体制に移行するさい、国民公会議員の三分の二を再選することを義務づけた政令が採択されたためだった。既存の政治権力が、代議制の原則を踏みにじり保身を図っていることは明らかなのである。

穏健な王党派として活動を再開していたラクルテルに、ある日スタール夫人から、お呼びがかかる。二人の交流は半年前に始まっており、サロンで会話を操るスタール夫人の「雄弁」と「精神の昂揚《アントウージアスム》」からインスピレーションを得て自分は政治記事を書いていた、とラクルテルが述懐するほどに、とりあえずは友好的な仲だった。しかし、王党派が一部のパリ住民を巻き込む武装蜂起を密かに準備している現時点で、これに反対しているという噂のあるスタール夫人から声をかけられたのだから、ラクルテルは緊張し、鎧兜に身を固めて論戦に臨むつもりで参上したのだった。

大人数のディナーだった。客の顔ぶれを見れば、例の身勝手な政令で物議を醸している国民公会を擁護するために、スタール夫人が孤軍奮闘を覚悟で召集をかけたことは明らかだった。ラクルテルが報告するスタール夫人の弁論の一部をさらに要約してご紹介しよう――「皆さまは革命を終結するとおっしゃるが、そのじつ革命を再開するために最善の道を歩んでおられるのです」と開口一番、夫人は喝破した。相手が唯々諾々と席をゆずると思っているのですか？　本当の相手は「ダントンの弟子たち、コルドリエ・クラブのつわものたち」（ロベスピエールに対立した国民公会内部の穏健派と急進派の生き残り）なのであり、彼らにとっては生きるか死ぬかの問題なのだから、ここで掌握した「絶対的な権力」を手放すはずはない。しかも、彼らは「あなた方が知らない武器」

も、つまり「革命家たちの武器」も手にしているのです。いきなり「人民主権」を語ろうとしても、あなた方は所詮は新米なのですよ。あなた方が、たどたどしく口にする言葉を、あの人たちは、ずっと巧みに操ることができる、なにしろ自分で使うために考案した言葉なのだから、といった具合に手厳しい批判がつづく。

国民公会側が手持ちの大砲をジャコバン派に近いとされるボナパルト将軍にゆだね、王党派の蜂起に備えていることは周知の事実だった。「先ほど、ラ・アルプ氏は、世論が自分たちの味方である以上、勝利はまちがいない」と主張されたが、そのラ・アルプ氏に「世論の大砲は何口径か」とお訊ねしたい、という痛烈な皮肉が放たれる。スタール夫人によれば「世論の優勢」は慎重に温めるべきものであり、砲弾をぶっぱなすようなわけにはゆかないというのである。なるほど世論の力があってこそ「わたしがあなた方とともに憎悪する革命法」は廃止されてゆくはずだが、それは「段階を追って」なされなければならない。あなた方は今回の政令を呪っておられるが、その政令によって、国民公会議員の三分の一が議席を失うとしたら、もっとも過激な者たちが排除され、これに穏健派がとって代わることがおわかりにならないか。発足するはずの新政府では、あなたがたの信頼する政治家も総裁のポストを得るだろう。率直のところ、あなた方の勝利さえ、わたしは危惧している。あなた方の陣営には絶対王政への復帰をめざす者たちも少なからず紛れこんでいる。今現在の複雑な情勢のなかで、あえて武力に訴えるなら、フランスの西部や南部でくすぶる内戦の火種を掻き立てることになるだろう……。

以上――政局の分析として最も鋭利な部分は、さらなる解説が必要なので残念ながら割愛したが――四十年後のラクルテル自身が、思い返せばまことに正当な議論だったと回顧する大演説のあらましである。しかし、この時点では、もはや説得が功を奏することはなかった。十月五日、現政権への抵抗という名目で糾合された王党派と一部のパリ住民が武装蜂起。「ヴァンデミエールのクーデタ」と呼ばれる小さな反乱は、将軍ボナパルトの大砲によってただちに鎮圧され、地方に及ぶことはない。未来の皇帝は首都で同胞のフランス人に砲火を浴びせることにより、政治の表舞台に華々しく登場したのである。一方、スタール夫人は不穏な勢力にかかわったとみなされて国外追放になった。

さて、ご紹介した演説のような「言論《スピーチ》」を、わたしは「活動としての会話」と呼びたいと思う。お気づきのように「活動《アクション》」という言葉はスタール夫人の用語ではなく、ハンナ・アレントが『人間の条件』で定義したような意味合いでつかわれている。政治哲学が誕生した古代ギリシャに立ち返り、アレントはこう語る――「政治的」であるということはポリスで生活するということであり、それは「すべてが力と暴力によらず、言葉と説得によって決定されるという意味だった」(四七)。そのような意味合いにおいて、スタール夫人は政治的であろうとした。すなわち「暴力」か「説得」か、のっぴきならぬ選択を迫られたと感じ、危険を顧みず「説得」を実践したのである。本書「はじめに」でも触れたように、アレントのいう「活動」は人と人のあいだで実践されるものであり、「言論《スピーチ》」を伴わぬ「活動」はありえない。それは、社会に根ざした個人が誕生するための実存的な条件でもあった（xiiページ）。

かりにガヴァヌア・モリスとの会話とテルミドール事件後の王党派に対する説得工作とのあいだに質的な相違があるとすれば、それは後者の場合、切迫した政治的課題があるために、「活動」の公的な側面が際立って見えることに由来する。じっさいこの時期、スタール夫人にかぎらず上流社会の女性たちは私邸のサロンを離れ、ときには監獄に足を運び、あるいは政権の大物や役人のもとに自ら赴き、近親者のために――たんなる命乞いとは異なる水準で――論陣を張っていたのである。自分ラクルテルは女性たちがどれほどの影響力を発揮したかについて、明確な証言を残している。自分たちジャーナリストのペンは相当数の囚人を解放したが、じつはタリアン夫人ひとりの貢献のほうが大きかったというのである。

じっさい恐怖政治の支配下においてさえ、ギロチンの恐怖に立ち向かう女性たちは少なからずいた。スタール夫人もそうしたひとりであって『フランス革命についての考察』には、会ったこともない人間の命を救うために奔走した武勇談がいくつか控えめに語られている。総裁政府期の出来事としては、ラクルテルの親しい友人の一族を有罪判決の直前に救い出した経緯も報告されているのだが、それらのエピソードは省き、引き出された結論の一部だけ確認しておこう。「わたしたち女性にとって、あらゆる時勢において、政治的意見のために告発された人間を救うことは義務である」とスタール夫人は語っている。阻止しなければならぬ悪とは、政治的意見のために命を奪われることと自体の理不尽さであって、問題の政治的意見の内容を問う必要はない。対立する党派が跳梁跋扈する状況下では、いっときの判断がくつがえる可能性はつねにあるのだから（CR 504）。

そう断言するスタール夫人にとって、自宅のサロンでの大演説と権力者の私室での切羽詰まった交渉は、まさしくアレント的な意味での「活動」であったと思われる。さらにつけ加えるなら、アレントによれば善行と犯罪は隠れて行うものであるのだが、これに対して「活動」は行為者を「明るみ」に出す。しかも、そのような明るさは「公共領域にだけ存在する」という（二九二〜二九三）。スタール夫人はみずからのふるまいが情に駆られた女の隠密な行動ではないことを、さらに自分が私人でありながら公的な責任を追及される身であることを、自覚していたとわたしは考える。「政治的な危機において憐憫は裏切りとみなされる」という述懐は、密かな覚悟と自負を語ったものにちがいない（CR 502）。

共に考える伴侶バンジャマン・コンスタン

つぶらな黒い瞳の少女は、長じていかなる女性になったのか。スタール夫人の恋人ないし愛人は十五人ぐらいともいわれるが、本書の主たる関心は、女性の親密圏を覗き込むことにはない。それはそれとして、容姿は十人並みといわれながら「恋多き女」の伝説が生まれる理由が想像できぬわけではない。たとえばサント＝ブーヴの描写には「ふんわりしてたっぷりめの髪、きらきら光る信頼感にあふれた瞳、秀でた額、かすかに開いて今にも話しだしそうな唇は、知性と善意のあらわれか、ほどよく肉厚であり、感情の豊かさゆえに肌の色つやもよく」等々とある。つづく衣装の細部からすると、本書4ページに掲げた小さな肖像画か、その複製のようなものを参照して、この文章を書いたものらしい。スタール夫人のイメージを文学史に定着させたこの批評家は、一八〇四年の生まれ。じつは生身のスタール夫人に遭ったことはない。「ルソー論」（本書76ページ）の著者でもある若きスタール夫人は、『エミール』のソフィーのような女性だったにちがいないと想像するところは、ガヴァヌア・モリスがスタール夫人を「小間使い」と評したのと同様に、虚構のヒロインを召喚したくなる男心がそうさせるのか。

コンスタンは、スタール夫人が誰かに似ているとは決していわなかったし、さらに例外的なことに、スタール夫人の作品を親密圏の告白とみなすこともなかった。サント＝ブーヴ流の文学史では決まって「自伝的」と形容される代表作『コリンヌまたはイタリア』についてさえ、イタリアの「国民性」を表象するために、作者はこのようなヒロインを必要としたと断言するだけなのである。そのコンスタンは一方で『アドルフ』をはじめ、錯綜する男女関係と優柔不断な男性心理の屈折を明るみにだす告白小説の模範のような作品を書いている。『セシル』という表題の未完の小品は、さほど執着のあるものではなかったらしく、二十世紀の半ばまで筐底に眠っていたが、これが公表されて以来、マルベ夫人という名の登場人物が、スタール夫人をモデルとした人物像の定番とみなされるようになった——「私がマルベ夫人に出遭ったとき、彼女は二十七歳ぐらいだった。背は高いというより低いほう、すんなりしたというには体格がよすぎるし、顔立ちははっきりしすぎて整っているとはいいがたい、肌は色艶に難があり、瞳はまたとないほど美しく、腕もきわめて美しい、手は大きめだが輝くばかりに白く、胸元はみごと、身ごなしは素早くて、態度はどこか男っぽい、声はとても柔らかで、感動すると打ちひしがれたようになり、それが不思議に聞く者の琴線にふれる。そうしたものがひとまとめになっているのだから、初対面では好ましい印象を受けないけれど、ひとたびマルベ夫人が話し始め、活き活きすると、これが抗しがたい魅惑に変わる」。というわけで『セシル』の語り手は、一時間で完全に虜になってしまったと述懐するのだが、実生活においてスタール夫人とコンスタンが相思相愛の仲になるまでには、かなりの時間が必要だった。

コンスタンが認めているように――そして大方の期待に反して――スタール夫人に告白の趣味はない。そう念を押したうえで、時代の習俗も考慮に入れるなら、十八世紀フランスの上流社会で認められていた男女関係のマナーは、ナポレオン法典によって夫婦の義務的な関係が厳密に規定された十九世紀市民社会のそれとは異質なものであり、既婚女性の感情生活は相対的には自由であった。

スタール夫人は結婚の翌年に女児を出産するが、その子は二年足らずで死去、その後に生まれたオーギュスト、アルベールの兄弟は、高貴な血筋のサロンの寵児ナルボンヌ伯爵が父親であるとされる。一七九七年に生まれたアルベルティーヌはコンスタンが父親であることも、周囲で知らぬ者はいなかった。夫スタール男爵とのつかず離れずの関係は、一八〇二年に男爵が死去するまでつづく。さらにスタール夫人は四十六歳のとき、息子と同世代の青年ジョン・ロカとのあいだに男児を儲けるが、この出産は秘密裡に事が運ばれる。相手の青年は献身的な伴侶として日陰の身に甘んじること数年、ようやく夫人の死の前年に二人は密かに結婚し、そのとき子供も認知された。

個人の親密圏に秘すべき事柄と、公開を憚るまでもないと判断される事柄との線引きが、民法典の時代とは明らかに異なっているのである。スタール夫人とナルボンヌ、スタール夫人とコンスタンとの恋愛は、社交界における公然の秘密だった。一方、年齢的にも知的にも、そして社会的なステータスという意味でも、明らかに不均衡なジョン・ロカは、法的には夫の身となっても、人前に出ようとはしなかった。これがスタール夫人自身も承認する社会的なマナー、その許容範囲だったのではないかと思われる。若いころのスタール夫人はきわめて下品な誹謗中傷を浴びてはいたが、それは女性の傑出した才能が公開されることに対する男たちの苛立ちゆえの低俗な攻撃にすぎない。婚姻外の恋愛が世間を騒がせるスキャンダルとなったことはないし、ましてや私生活の乱れのために作家生命を断たれるなどということは、本人も周囲の人間も想定すらしなかった。

スタール夫人とコンスタンは初対面から知的パートナーとして意気投合した。ただし二人が見るからに似合いの男女でなかったことも確かだろう。コンスタンの生い立ちについては第一幕「英才教育と語学力」の項で触れたとおりだが（本書15〜16ページ）、衆目の一致するところ、その風貌は女心をくすぐるようなものではなかったし、作家としての実績もなく、そもそも啓蒙の世紀におけるサロン文化の洗練というものを体得せずに成長した人間である。一七八五年と翌年にパリに何カ月か滞在したときは、たまたまシュアール夫妻の家で世話になっていたのだが、どう見ても風来坊の青年だから、夫妻がネッケル夫人の格調高いサロンに紹介しなかったのも当然といえる。なおのこと、スタール夫人とコンスタンの出遭いの瞬間に二人の知性が火花を散らした経緯には、格別の興味を誘われるではないか。その後数年におよぶ親密な交わりのなかで、フランス自由主義の源泉とみなしうる貴重な思想的成果がもたらされたことは、今日では研究者の定説となっている。

一七九五年の春、テルミドール事件後の混乱が一段落するのを待って、スタール夫人がコンスタンを伴いパリに帰還したとき、二人は穏健な共和主義者になっていた。ネッケルの信奉する立憲王政は、ひとまず棚上げにされたのであり、この事実にも、若い世代が独自の道を歩み始めた証しが見てとれる。二人の共有した現実的《プラグマティック》な判断とは以下のようなものだった――ここで共和政を放棄したら、いかなる王政を採択すべきか、誰が国王候補になりうるかという生臭い問題に、ただちに直面しなければならない。絶対王政への復帰を夢見る陣営が息を吹き返してリヴェンジを求めている現時点において、内戦の危険を避けようとするなら、立憲王政をめざす穏健派を取り込むようなかたちでの共和政を保持するのが穏当な選択肢ではないか。

この判断がいかに合理的であろうと、中道路線はフランスの政治に馴染みにくい。その厳然たる事実に行く手を阻まれたスタール夫人は、「共和国はわたしを追放し、反革命はわたしを縛り首にする」と嘆く。さらに「わたしに必要なのは、まさに両者の中間の道なのですが、フランスで中道とは、一方の極端から他方の極端へと移行するときに足早に通りすぎる抜け道のようなものでしかありません」とも述べる。前項で紹介したラクルテルを含む王党派への説得工作は、このような危うい立ち位置からなされたのだった。

スタール夫人とコンスタンは日夜生活を共にしながら、ひたすら政治を語り合い、執筆計画を立て、役割分担も決めて主題と議論を構成し、原稿を読み合わせながら推敲を重ねていたものと思われる。詳細は省くが、いくつかの時事的な著作やパンフレットのたぐいは、著者名はちがっても内容は矛盾せず、つねに補完的な論をなしている。近年ようやく草稿研究にもとづく校訂版の全集がそれぞれに刊行されたことにより、新たに確認されたのは、これまでの研究者の理解とは異なって、コンスタンとスタール夫人のあいだに知的な序列は存在しないという事実である。じっさい、この時期の二人の著作はすべて、内実においては共著に近いものだった。わたしが「共に考える伴侶」thinking partner と呼ぶ二人の羨ましい関係は、現代の目で見れば稀有な例外にも思われようが、少なくともスタール夫人にとっては、さほど特異な状況ではなかったのかもしれない。夫人は幼いときからサロンの知的交流のなかに身を置いて、たえず複数の意見を参照しながら思考してきたからである。

一七八九年の革命の原理、すなわち言論と良心の自由、市民的な平等（＝世襲的な特権の廃止）、今日の用語でいう民主主義（＝国民主権と代表制）という三原則を信奉する知識人にとって、喫緊の課題は国民公会の恐怖政治と共和主義の理念とを分離することだった。この難問に取り組んでまっ先に成果を挙げたのが、スタール夫人とコンスタンであることは、歴史家も政治学者も一致して認めている。ここで念のため確認しておくならば、一七九三年九月に始まるとされる事実上の恐怖政治では、当初「恐怖《テロル》」という表現が使われており、恐怖を統治の手段とする人あるいは政策という意味での「テロリスト」「テロリズム」という語彙の初出は、一七九四年の後半である。いずれにせよ、これが前代未聞の現象であって、今日に至るまで、解明することが極限的に困難な政治的暴力の元祖とみなされていることは、あらためて強調するまでもない。

スタール夫人と同じく一七八九年の昂揚に革命の原点を認めるラクルテルは「恐怖《テロル》」に怯えながら国内にとどまった。身辺にギロチンの犠牲者も少なからずいた。四十年後の「回想」のなかで歴史家は、ロベスピエールという「怪物」「悪の天才」「人類の処刑人」に由来する災厄とみなして事態を分析する。テルミドールのクーデタにより本人が処刑されてしまったのちの状況についても、ジャコバンの生き残りを「ロベスピエールの尻尾」と呼んで、対決の的を諸々の個人にしぼっているのである。

これに対して諸々の理念の機能ぶりに注目するスタール夫人は、とりあえず「ロベスピエールの暴政」と呼ぶしかない言語に絶する体験を、ロベスピエールという名の個人とは切り離して考えるべきだと主張する。人間を告発するよりむしろ、政治のシステムを解明しなければならないというスタール夫人の言葉に応じ、コンスタンが一七九七年に書いた「恐怖《テロル》の効果」と題した論考を引用してみよう。

恐怖《テロル》というものが、システムに還元されて、その形で正当化されると、テロリストたちの残忍で荒々しい暴力より、はるかに恐ろしいものとなる。このシステムが存在するかぎり、この犯罪はくり返されるだろうが、一方でテロリストたちが存在しているからといって恐怖《テロル》がくり返されるとはかぎらない。公認の原則としての恐怖《テロル》こそが、永遠に危険なものなのだ。それは最も賢明な者たちを道に迷わせ、最も人間的な者たちを堕落させるだろう。革命政府が創設されたとき、見かけは穏健そのものの国民のなかから、われわれが目にしたような怪物たちが、またぞろ現れるかもしれないのである。

今日でも充分に説得力をもつ分析ではないか。一方スタール夫人はこの時点で、人間ロベスピエールをいかに解釈していたか。周知のように国民公会で実権を握ったロベスピエールは、その潔癖な「徳」を称えられ「腐敗せざる人」l'incorruptibleと呼ばれて崇拝されていたのだが、これに対抗しスタール夫人は一七九六年の『情念論』で「徳」を放棄した病的な人間の「罪」と「狂気」の症例としてロベスピエールの解釈をおこなった。ラクルテルと異なるのは、悪の化身のような巨大な存在ではないという直観的な理解であり、民衆の崇敬するジャコバンの頭目を、ほとんど政治の埒外に置こうとしているかのようにも見える。革命の総括にもかかわるこの問題は、晩年の『フランス革命についての考察』で客観的な距離を置いて再検討されることになるのだが、スタール夫人において終始一貫しているのは、ロベスピエールは卑小な人間だという確信である。

政治の悪を特定の個人の責任に帰する議論は俗耳に入りやすい。悪人を名指して糾弾する裁きの手続きに、人は思わず納得してしまうからであり、その安易さこそが危険なのだという確信に、スタール夫人は導かれていたと思われる。ハンナ・アレントが『エルサレムのアイヒマン――悪の陳腐さについての報告』で展開した議論に相通じるものが、そこにはあるとわたしは考えているのだが、これは指摘するにとどめよう。

将軍ボナパルトをめぐる幻想と幻滅

スタール夫人は一七九五年の秋、王党派によるヴァンデミエールのクーデタ後に追放され（本書86ページ）、コンスタンとともにコペの城館に身を寄せていたのだが、一七九七年の一月、密かにフランスにもどり、総裁政府の大物ポール・バラスの保護を得て、五月にスウェーデン大使館のサロンを再開する。前述のように、一七九五年憲法によって総裁政府が成立したさいに、国民公会議員の三分の二を再選するという強引なやり方で既得権が行使されていた。この人為的操作のおかげで五百人議会（元老議会と対をなす立法院）に生き残った旧国民公会議員の一人が、この時期のスタール夫人とその「ご一統様」について辛辣な証言を残している。その人物、アントワーヌ＝クレール・ティボドーはスタール夫人より一歳上の一七六五年生まれ。弁護士の資格をもつ国民公会議員として国王の処刑に賛成し、ロベスピエールによる粛清を辛くもまぬがれて生き延びた、それなりに存在感のある政治家といえる。第一統領となったナポレオンに仕えたが、王政復古期には隠棲して『国民公会と総裁政府についての回想』（一八二四年）を書いた。

ティボドーの語るところによれば、金と権力目当ての野心家がパリの「ソシエテ」に参集していたが、すっからかんで亡命先のアメリカ合衆国からもどったタレイランは、ひときわ目立っていた。今や政権多数派を率いるバラスは、かつては仲間であった「ジャコバンとテロリストたち」を不倶戴天の敵とみなしていた。その取り巻きにタレイランを導き入れ、ブレインに押し上げたのは、かつてはエスプリゆえに、当時は陰謀のために名を馳せていたスタール夫人である。さらにスタール夫人の友人で、冴えた雄弁で名高いバンジャマン・コンスタンが加わって、これら三名が大きな役割を演じていたというのが、ティボドーの見立てである。

スタール夫人のサロンでは「午前中にはジャコバンが、夕刻には帰還した亡命者たちが、そしてディナーには誰彼となく皆が招待されて」おり、夫人は「ありとあらゆる計画を掌中に収めて」いたとティボドーは指摘して、微量の賛辞をまとわせた全面的な否定の論評がつづく。「政治の陰謀について、一人の女性を話題にしなければならないのは嘆かわしいが、女の本分でないことに女が首をつっこめば、女という性が守るべき節度というものを進んで放棄することになり、公の事柄に携わる人間（homme public）と同様に、歴史家の判断に身を晒すことになる」と断ったうえで、本人に悪意はなかったのだろうが、タレイランへの執着や、名声への愛着は、周囲の人びとにも「公の事柄」にも多くの害をもたらしたと語る。自分は彼女の「ソシエテ」の一員であったし、その才能を賛美していたが、個人的に「不快な経験」をしたこともある。要するに「男のようにふるまいながら、そのじつ彼女は大いに女っぽいところを温存していたのであり、自分は微妙な混淆《ニュアンス》を好まない、はっきりした色分けが好きなのだ」という言葉が、批判の結びとなる。

二点ほど確認しておこう。「不快な経験」とは、ある日、スタール夫人からディナーの招待を受けて、いやいやながら出かけたところ、それはコンスタンと三名だけの会食で、風前の灯のような総裁政府の共和派と着実に立法院の大勢を占めつつある王党派の調停に真剣に取り組むよう、理路整然と説得されたという話。前述のラクルテルへの働きかけとは異なって、今回は共和派の結束を促すものであり、なるほどスタール夫人とコンスタンは「中道路線」をつらぬいている。これに対してティボドーが延々と開陳する「不快さ」は、じつは正論である説得の内容に向けられたものでは全くない。政治にとって厄介なものになり始めたサロンの存在そのもの、世論を活性化する「インターフェイス」としての機能に、心底苛立っているのである。

もう一点は「微妙な混淆《ニュアンス》を好まない」という宣言について。私的な感想を述べることをお許し願うなら、ティボドーの述懐には妙に生々しい既視感がある。発話者は自分の見解であると強調しているが、じつは誰もが口にする近代ヨーロッパの紋切型にほかなるまい。「はじめに」（ixページ）で指摘した「公共圏＝政治＝男性」vs.「親密圏＝家庭＝女性」という二元論的な秩序が「ナポレオン法典」とともに市民社会に定着した一八二〇年代に、ティボドーはこの文章を書いた。スタール夫人の死後、数年が過ぎた時点での「歴史家の判断」は、ごく凡庸な知性によってなされており、あくまでも批判的に読まれなければならない。はしなくも吐露しているのは、女は女らしく親密圏にとどまってほしいという願望が立ち上げる、いわゆる二項対立的な概念装置の一端にほかならない。

一七九四年の夏、ロベスピエールが処刑されてから、一七九九年末、ブリュメールのクーデタにより将軍ボナパルトが総裁政府を打倒して権力を掌握、一八〇四年に皇帝ナポレオンが誕生するまでの十年は、あらゆる意味で過渡期に当たる。崩壊したアンシャン・レジームへの復帰という一部の者たちの夢が日に日に遠のいて、国民全体を統括する新たな市民社会の秩序が構築されたのである。革命の混乱のなかで束の間の政治的解放を体験した女性たちは、徐々に、そして着実に、公共圏から排除されてゆく。テルミドール事件の直後にはラクルテルが親しんだタリアン夫人がいたし、ブリュメール事件の前後にも、いくつかのサロンは健在だった。スタール夫人が折りあるごとに主張するように、男女両性に開かれた「ソシエテ」がしかるべく機能していれば、それだけで――当面は女性参政権など夢のまた夢であろうとも――「女たちの声」を「公の事柄」に反映させる道はある。ナポレオンの登場によって破壊されたのは、啓蒙の精神と雅《みやび》な男女関係に培われたサロン文化の伝統だけではない。しかも、その後一世紀半にわたり高等教育の人文学は実質的に男性のものであり、女性が「親密圏」という沈黙の世界に追いやられることになる十年間のプロセスに、男性の歴史家や研究者たちが注目することは、当然ながらなかったのである。

あるときボナパルトは、ひとりの名高い女性のまえで仁王立ちになり「マダム、私は女たちが政治に口出しするのは好みません」と喝破した。相手は「ごもっともですわ、将軍、でも女たちが首を斬られる国では、斬られる理由を女たちが知りたがっても当然ではございませんか」と痛快な答えを返したという（CR 510-511）。その名高い女性とは、注によればジャコバンに粛清されたコンドルセの麗しき未亡人。このあと「将軍」からの反撃はなかった。要するにボナパルトは真の抵抗に遭えば冷静になるのだから、独裁に抵抗せぬ者は自分の責任を痛感すべきだろう、というのがスタール夫人のコメントである。こうした反権力としての自覚と戦闘的エスプリは、革命初期のサロンには存在しなかった。

総裁政府期に活躍したタリアン夫人は、もっぱら奔放さと美貌を武器に影響力を行使したともいわれるが、コンドルセ夫人（旧姓ソフィー・ド・グルシー）は、知性と教養においてスタール夫人と肩を並べる存在だった。ニコラ・ド・コンドルセの記念すべき論考『女性参政権の擁護』（一七九〇年）はソフィーという伴侶なくしては書かれなかったはずであり、夫妻はオランプ・ド・グージュとも交流をもっていた。ちなみに『女性の権利宣言』（一七九一年）を発表し、その二年後に処刑された活動家は、生い立ちからしても格調高い文芸サロンとは無縁だったから、コンドルセ夫人の人脈は例外的ともいえる。亡き夫とともに取り組んでいたアダム・スミス『道徳感情論』の翻訳を一七九八年に出版し、このときはスタール夫人が熱烈な賛辞を寄せている。コンドルセ夫人のサロンは、おそらくこの頃に再開されて、帝政期から王政復古まで、つねに反体制的な自由派の拠点として機能した。したたかに生き延びたコンドルセ夫人が「回想録」を書かなかったことは惜しまれるけれど、この傑出した女性の皮肉と諧謔と抵抗の精神を、スタール夫人は分かち合っている。

ところでブリュメールのクーデタ以前、自由派の知識人たちは男女を問わず、将軍ボナパルトをめぐる幻想を共有していたと思われる。なにしろボナパルト自身が、学究肌の無骨な軍人を完璧に演じていたのである。人口に膾炙した将軍の名言が、『フランス革命についての考察』に記録されている。いずれも一七九七年に公表されたものだが、イタリアに侵攻して傀儡政権を打ち立てたときの宣言文には、「諸君は独裁政治のために分裂し、屈していた。自由を自ら獲得する状況にはなかった」とある。「真の征服、いかなる慚愧《ざんき》の念も伴わぬ唯一の征服とは、無知に対する征服である」というのは、学士院に入会を認められた時点で会長に送った書簡の一文である（CR 507）。ほろりとしたのはスタール夫人だけではあるまい。

この年の夏に亡命先のアメリカから帰国したタレイランが、ティボドーの説によればスタール夫人の策謀によって外務大臣のポストを獲得し、その邸宅で十二月六日、盛大なパーティーが開かれた。アンシャン・レジームの復活を思わせる華やぎのなかで、イタリア遠征から帰国したばかりの将軍ボナパルトがスタール夫人と交わしたやりとりは伝説となっている——「将軍、誰よりも愛したくなる女性はどんな方？」「わたしの妻です」「わかりやすいですこと、では、誰よりも尊敬したくなる女性は？」「家のことを一番きちんとやる女ですな」「わからぬでもありません。では将軍にとって女のなかの女とは？」「一番たくさん子供を産んでくれる女ですよ、マダム」。将軍ボナパルトの凝縮された応答が開示してみせるのは、数年後の「ナポレオン法典」が隠然たる力学によって立ち上げる、男性中心的な家族像にほかならない。

一七九八年の五月、ボナパルトは遠征軍を率いてエジプトに発つ。各地を転戦しながら危機的なパリの政局を睨んでいた将軍は、翌年の八月末、機は熟したと見て、極秘のうちに帰国の途についた。こうして一七九九年十一月九日、ブリュメールのクーデタが起きる。

スタール夫人とコンスタンは事情に通じていたのではないかという憶測がある。コペに滞在していた二人は緊迫した情勢を察知したかのように、この日にパリに向かい、脱出した総裁政府の大物バラスと途中ですれ違っているのである。首都に到着する以前から、街道沿いの町々は噂でもちきりで、もっぱらボナパルトの名前が口の端にのぼっていた。革命が勃発して以来、前例のない現象だった、とスタール夫人は回顧する。かつては「憲法制定議会は、しかじかのことをやった」といい、「人民」や「国民公会」など集団や組織が行動の主語になったものだが、今や一人の人間が全員に成り代わって名声を独占し、人類が「匿名性」に沈んだのである（CR 538）。後述のように、スタール夫人の「文学」は、個人が社会的なアイデンティティを剝奪されて「匿名性」に埋没することへの拒絶として立ち上げられることになる。

ボナパルトは当面、すべての党派の期待に応えるかのようにふるまっていた。かつてのジャコバン派にはアンシャン・レジームへの復帰を阻止すると思わせ、王党派にはブルボンの復活をほのめかし、総裁政府の重鎮シエースには新憲法を定めようともちかけた。いずれの党派にも属さぬ大衆に対しては秩序と平安という言葉を掲げ、民心を捉えたのだった（CR 539）。現場では紆余曲折があったものの、最終的にフランスの国民がひれ伏したのは「お前たちをジャコバン派の手にゆだねてもよいのか」という脅しゆえだった、とスタール夫人は分析する（CR 547）。ひとまず権力を掌握したナポレオンが、強権的な支配体制を構築して皇帝となるまでに五年近くが経過するのだが、スタール夫人が描出する近代国家の分岐点のようなものを、ここで紹介しておきたい。

大国においては世襲以外のやり方で唯一の首長になった者が、その座に居つづけることはむずかしい。そのためには、自由か軍隊の栄光か、どちらかを国民に与えなければならない、つまりワシントンになるか偉大な将軍になるか、どちらかなのである。ところでボナパルトほどにワシントンに似ても似つかぬ人物がいようとは思われない。したがって彼が絶対的な権力を打ち立て、これを保持したいなら、頭がくらくらして理屈が通じなくなるように、三カ月ごとにフランス人に対し新しい展望を示さなければならない。自由な民ならば平穏で名誉ある競争に参加するよう導かれるところだが、これにとってかわるのが、出来事の大きさと多様さなのである（CR 564）。

灼熱のサハラ砂漠から極寒のモスクワまで、フランス軍の艱難《かんなん》と戦果と栄光を讃える英雄譚を「三カ月ごと」に遠い祖国に送り届け、人びとに「強い感動」を与えつづけることは、独裁者ナポレオンにとって効果的な統治の手段となるだろう。対するスタール夫人は「競争」émulation という言葉を好む。個人の才能が活かされる健全で平穏な競争社会を夢見ているからであり、反ナポレオンの社会的モデルはアングロサクソン型の安定した市民生活だった。それにしても、ボナパルトはワシントンになるだろう、革命の申し子として自由な近代国家を築くだろうという国民の期待は、クーデタの前後には確実に存在したのである。とりあえずは本人も、好意的な世論を封じようとはしなかった。女性であるために逸早く言葉の暴力に曝されて、おそらく周囲の男性より先に決定的な幻滅を知り、じわじわと迫る独裁への不吉な予感を抱いた者の聡明な自負心が、スタール夫人を支えていた。

第4幕 レマン湖の畔コペのサロン

――政治に文学が挑むとき

一八〇〇年からの十年間に、スタール夫人は四つの代表作を完成させた。『文学論』はギリシャ・ローマの異教的な世界から北国の哲学的な思考までを包摂し、ヨーロッパを一つの文明圏として描出する野心作。カトリック教会との和解を進めるナポレオンにとって、見え隠れする反宗教的な精神は許容しがたいものだった。書簡体の恋愛小説『デルフィーヌ』では、カトリックやプロテスタントの男女が結婚や離婚や宗教の介入の是非について、それぞれの立場から自由に意見を表明する。保守的な民法典の編纂が佳境に入ったこの時期に、敢えて世論を喚起しようというのだから、反権力的な意図を秘めた話題作であることは明らかだった。イタリア、イギリス、フランスを舞台に女性の自立を考える『コリンヌ』は、国境を越える大成功をおさめ、「軍隊の栄光」に対峙する「文学の栄光」と称えられた。さらにフランスの軍隊に踏みにじられた隣国の文化と国民性への共感を語る『ドイツ論』が皇帝の逆鱗に触れ、スタール夫人は「反独裁」の象徴となる。

迫害を逃れてコペを生活の拠点としたスタール夫人の城館は、遠来の滞在客を迎え入れ、自由派知識人たちの交流の場となってゆく。城館の日常風景については、同い年の従姉妹による貴重な証言を参照しよう。一日の大半をサロンで過ごし、書き物机さえもたぬひとりの女性が、先取りの「ヨーロッパ近代批判」ともいえる大著四冊を書き上げたのである。いつ、どんなふうに構想し、どうやって書いたのか……。

『文学論』はなぜ違反的なのか？

退位したナポレオンはセント・ヘレナ島で、スタール夫人を中心とするコペの思想グループは「自分を標的にした武器庫」であったと回想する。対するスタール夫人は「わたしはナポレオンに追放された最初の女だった」と誇らしげに語る（CR 596）。両者の確執は、じつは一八〇〇年以降に熾烈なものとなっていったのであり、あらかじめ強調しておくならスタール夫人の方向転換を、きな臭い「政治」から隠遁者の「文学」への逃避とみなしてはならない。そうした解釈の土台にあるのは、女性の文学はつねに自伝的であり、時代の激動とは無縁な感情生活の吐露だろうという思い込み、今日もつづく男性中心的な文学史の見方にほかならない。

ブリュメールのクーデタをへて新憲法を定め、第一統領となったナポレオンはブルボン王朝の歴史が刻まれたチュイルリー宮殿に居を構えた。啓蒙サロンの伝統に代わるものとしてルイ十四世を頂点とする「宮廷の古い習俗」を甦らせ、しかも「洗練を知らぬ階層のあらゆる欠点」をそこに接ぎ木した。そのためボナパルト派と亡命貴族が先を競って「権力」と「虚栄」を求めたというのが、スタール夫人の辛辣な見立てである（CR 759）。

しかし、にわか仕立ての宮廷風社交界がただちに威光を放ち、総裁政府期までは健在だったサロンの影響力が失墜したとは考えにくい。凋落の原因はむしろ、革命の勃発以来さまざまの場面でサロンが展開してきた「インターフェイス」としての機能が、ナポレオンの言論統制によって粉砕されてしまったことにあるだろう。一八〇〇年一月にはパリで発行されていた新聞雑誌七十三紙のうち六十紙が発行禁止とされた。その一方でナポレオンは、意のままになるジャーナリズムをあからさまに支援して、スタール夫人によれば「饒舌な専制」を敷いたのである。じっさい各人が「口頭で情報を集め、事実に即して判断」したほうが、世論の質は保たれる。新聞雑誌しか読まぬ大衆を巻き込んで「金で雇われた文筆」が世論を堕落させていた（CR 560）。

そうしたなかでスタール夫人は作家としての再出発を試みて、わずか十年間で『文学論』（一八〇〇年）『デルフィーヌ』（一八〇二年）『コリンヌ』（一八〇七年）『ドイツ論』（一八一〇年）というい ずれも大部の評論二作と小説二作を書いた。書物を刊行するごとに迫害は厳しさを増してゆき、パリの「ソシエテ」への郷愁に苛まれながら、レマン湖の畔で執筆したのである。これらは晩年の未完の二作『追放十年』と『フランス革命についての考察』と異なり、明示的な「反ナポレオン文学」とはいいがたい。いささか得意げな本人の言葉を借りるなら、「彼の統治下で本を出版しながら、その巨大な存在にひと言もふれなかった」という意味で、スタール夫人は「事実上フランスで知られた唯一の作家」なのである（CR 597）。正確にいうなら、ナポレオンという名前を決して書かずにナポレオンが体現する理念や体制を間接的に批判するという巧妙な道をスタール夫人は選んでいた。ひと言でも皇帝への賛辞を公表すれば、ただちに追放を解くという内々の働きかけがあったにもかかわらず、あっぱれ意地をつらぬいたのである。

『文学論』は『社会制度との関係において考察した文学について』という正式の表題をもち、近代的な「文学史」そして「比較文学」の起点に今日も位置づけられている。ここでいう「文学」は「哲学的な著作、想像力の作品を含み、あらゆる著作のなかで物理学を除き、思考の活動に関わるものすべて」を指すと著者は断っているのだが、だとすれば「文学」という言葉の意味するところは、現代の大学が想定する文学部の枠組みより広範であり、むしろ十八世紀の「文人」たちの営みに近い。ギリシャ・ローマの古典から同時代の作品までを通観する『文学論』の特徴は、多様な気候風土のもとで発展した一つの文明圏としてヨーロッパを捉える展望にある。地中海の異教的な伝統とキリスト教の伝統が融合し、北方で哲学的な成熟に至るプロセスが、有機的な総体として記述されてゆき、それぞれの地域で固有の「国民文学」が育まれていることにも熱い共感が示される。こうしたヨーロッパ文明論的な視座は、啓蒙の世紀に培われたものであり、スタール夫人が無から創造したものではないのだが、瑞々しい野心作と受けとめられたのだろう。世紀が変わり、ようやく革命後の混迷から抜け出せると人びとが安堵を覚えはじめた絶好のタイミングでもあったから、ただちに大きな反響を呼んだ。

手厳しい批判も寄せられた。その立役者はルイ・ド・フォンターヌ。啓蒙思想と共和主義のシンパとしてふるまうスタール夫人の発言に苛立ちを募らせていた古典派で、カトリック系の保守派知識人である。一時は総裁政府から睨まれてイギリスに脱出していたが、権力を掌握したばかりのボナパルトに見出され、その後一八〇八年には新制帝国大学の初代総長として全国の教員養成機関の頂点に立つ。『文学論』へのフォンターヌの攻撃が、ナポレオンの指示によるものだったという確たる証拠はないが、第一統領の意向を忖度した見事な文壇パフォーマンスであったことはまちがいない。二度にわたり雑誌に掲載されたフォンターヌの論評から一文を引用するなら、「女が本来女のものではない舞台に登場するとき、場違いであることに衝撃を受けた観客は、厳しい判断を下すことになる」とのこと。これまた既視感を覚える台詞であって、「舞台」とは、出版物の流通する「公共圏」を指す。そっくりそのまま反復すれば、上記ティボドーの批判と重なるだろう。文学にせよ、政治にせよ、主題が何であれ、十九世紀のヨーロッパにおいて「書かれた言葉」の次元で女性が発言することは、それだけで衝撃的な「場違い」であり、違反行為なのだった。

　スタール夫人は、書物の内容に関する具体的な批判に応えるかたちで、一八〇〇年の末に『文学論』の改訂版を出版する。即座に辛辣な書評を匿名で公表したのが、シャトーブリアンだった。『墓の彼方の回想』の著者として顕彰されることになるロマン主義の文豪は、当時は無名の著述家であり、亡命先のイギリスでフォンターヌと肝胆相照らす仲になっていた。議論の争点は何か？　批判が収斂したのは「完成可能性」perfectibilitéという概念だった。スタール夫人は改訂版の「序文」で論点整理を行っていたにもかかわらず、シャトーブリアンはこれを無視するかのように皮肉な調子で挑発する――「ああ！　われわれが歳を取るほどに完成されてゆき、息子は常に父親より優れていると確信できるなら、これほど嬉しいことはありません」。「ご存じのように私自身の狂気は何かというと、スタール夫人が至るところに完成可能性を見るように、至るところにイエス・キリストを見てしまうことであります」。しめくくりの部分では、スタール夫人が宗教の懐に戻ることを願う者として、もし彼女に逢う機会があれば、こう説得するだろう、と断って、二人称の呼びかけに移行する。そして、貴女の文体は単調であり、その欠陥は哲学に由来すると思われる、察するに貴女は幸福ではないのだろう、などと無礼な感想まで述べる。友人フォンターヌに宛てた私信というスタイルで書かれたこの辛辣かつ軽妙な文章は大評判になった。そして署名欄に記された「『キリスト教精髄』の著者」という謎の人物への期待が高まった。

それというのもこの時点で『キリスト教精髄』という書物は存在していない。シャトーブリアンはフォンターヌと協力し、一年四カ月後に発表されることになるカトリック護教論のために周到なキャンペーンをやっているのである。人の幸福は「哲学」ではなく「宗教」がもたらすという俗受けしやすい二元論が、上記の書評からも透けて見えるではないか。おりしもナポレオンは、革命のために壊滅的な打撃を受けたカトリック教会と和解して国民を再統合することをめざし、一八〇〇年の夏にローマ教皇庁との折衝を始めたところだった。教皇庁との「コンコルダート」(政教条約)が調印されるのは一八〇一年の七月、これに付随する国内法が整備され、その議会承認を記念する祝賀のミサがノートル・ダム寺院で執り行われるのは一八〇二年の四月十八日。ミサに参列する人びとは信仰復活の歓喜につつまれ、その四日前に発売された『キリスト教精髄』は飛ぶように売れた。ちなみにシャトーブリアンは、これに先立ち一八〇一年に発表して成功を収めた小説『アタラ』の「序文」において、早々にスタール夫人に対する謝罪の言葉を書いていた。その後二人は生涯の友となる。

あらためて「完成可能性」という概念そのものが、カトリック側にとって見過ごせぬほど違反的なものだったのか、と問うてみよう。スタール夫人は改訂版で以下のような趣旨の加筆を行っている——第一に、自分は近代人が古代人に優る精神的能力をもつといいたいわけではない。そうではなく、あらゆる種類の思考の蓄積が、世紀とともに増大してゆくと考えているのである。第二に、人類の完成可能性というときに、自分が示唆しているのは、何人かの思想家の夢想にあるような荒唐無稽な未来などではない。そうではなくあらゆる集団、あらゆる国々における文明の着実な進歩のことを指している。

当時の思想的な葛藤の現場を想像しにくい現代日本から見れば、スタール夫人の弁明はほとんど常識的な解説のようにも思われよう。しかし一方で、これが「宗教」よりは「哲学」に立脚し、とりわけ啓示宗教であるカトリックの神学に馴染みにくい発想であることも容易に推測できるだろう。ルソー、テュルゴ、コンドルセなどの啓蒙思想家やイギリスのゴドウィンなどが練りあげてコンスタンに引き継がれる「完成可能性」の概念は、たとえば「文明の着実な進歩」を掲げることにより、プロテスタント的な合理主義、進歩主義への親和性を見せている。

宗教に起因する多様な意見の齟齬や葛藤は、一方では文明とは何か、歴史とは何かという根源的な問いに、他方では社会や家族の望ましいかたちはいかなるものかという身近で切実な問いに否応なく連動する。それはまた、政治と宗教、国家と宗教の関係をめぐる重い論争を必然的に惹起する。

「宗教」と「哲学」の関係はスタール夫人にとって生涯をつらぬく考究のテーマともなるのだが、さしあたり次作『デルフィーヌ』では、カトリックとプロテスタントの緊張関係がドラマの展開にかかわる与件として顕在化するだろう。フォンターヌとシャトーブリアンは、その予兆を『文学論』のなかに見出したという意味では、正しかった。

ところでナポレオンはさしあたり、カトリック教会の擁護者としてふるまい、宮廷風の慣例を重んじ、新古典主義の英雄賛美に肩入れしていたが、本人がアンシャン・レジームの君主のようなカトリック信仰をもっていたか否かは、別の問題である。大方の研究者が一致して認めるところによれば、ナポレオンがめざしたのは教会という制度を管轄し、統治の手段として活用することだった。最高権力を担う者として礼拝には参列していたが、信仰については相手が聖職者であれば熱意を見せる一方で、哲学者のまえでは無関心を隠そうともしなかった。スタール夫人はナポレオンの宗教政策そのものが、あられもない欺瞞であると考えていた。『フランス革命についての考察』には、ナポレオンが口にしたとされるシニカルな台詞が紹介されている――「私が調印したコンコルダートが何なのか、わかるかね？　宗教に対するワクチンさ。五十年もたてば、そんなものはフランスから消えてなくなるだろう」（CR 574）。本当にそういったかどうかは検証のしようがない。しかし、いかにもナポレオンがいいそうな台詞ではないか、という了解が流通していたことは確かだろう。世間に流通した人物像、そのイメージや言葉もまた、読み解くべき歴史の一部なのである。

『デルフィーヌ』――結婚と離婚と宗教をめぐる「オピニオン小説」

一八〇二年十二月に刊行された八百ページに及ぶ書簡体小説は、教科書的な文学史では古色蒼然とした自伝的恋愛小説とみなされている。しかし同時代の視点からすれば、すべての人が読んだ、手に入らぬ者は待ちきれずに読みたがった、とコンスタンが証言するほどの「話題作」なのである。世人の漠然とした期待感に圧倒的な力量で応えたという意味だろうが、その期待とは何であったのか。作品が輝いて見えたということ自体が、読み解くべき歴史の事実なのだから、その理由を虚心に問うてみよう。バルザック以降を小説というジャンルの模範とみなし、それ以前を未熟さという観点で捉える単線的な歴史記述は、なんとも不毛なものに思われる。

第一に『デルフィーヌ』は自伝的ではないとわたしは考える。主要登場人物が作者の思想や感性を多少とも代弁しているというだけのことなら、小説作品のかなりの部分が自伝的とみなされようが、そのような定義にはあまり意味がない。よくある教科書的な解説によれば、デルフィーヌと相思相愛でありながら、ついに結ばれることなく、革命軍に捕えられて一命を落とすレオンスは、スタール夫人が二児をなした帯剣貴族ナルボンヌがモデルであるとされる。そして二人の悲劇的な恋の行く末と錯綜した人間関係を冷静に見守る誠実な友ルヴァンセは、ほかならぬコンスタンがモデルであるという。しかし作品を読んでみれば、レオンスは鬱屈した人間嫌いであり、雅なサロンの寵児であったナルボンヌと性格が似ていようとは思われない。一方、離婚歴のある妻を深く愛するルヴァンセは、そもそもデルフィーヌと恋仲にはならないし、感情の嵐と無縁な沈着さにおいてもコンスタンとは正反対。プロテスタント知識人の結婚や宗教や死生観をめぐる議論を堂々と開陳するという役割においては、コンスタン自身であってもよいが、スタール夫人その人の分身ともいえる。いわゆる伝記的な要素、すなわち作者の生い立ちや知的環境、さらには恋愛体験の紆余曲折などが、随所で物語の設定や筋書に反映されているかといえば、そんなことも全くないのである。幼くして孤児になり敬愛する保護者の男性と南仏で短い結婚生活を送った女性が、若く裕福な未亡人としてパリの社交界に登場するという冒頭の設定も、作者の人生経験とはかけ離れている。

それゆえ『デルフィーヌ』は、今日の用語でいう「モデル小説」として人びとの好奇心をそそったのではないと断言することができる。ましてや恋多き女の私生活を覗き見たいという読者の欲望が、無条件に販売部数を押し上げたとは思われない。セレブの親密圏にかかわる情報は商品価値をもつという了解は、革命後の市民社会で徐々に形成されたものであり、むしろ現代の読者の視点を拘束しているのである。

第二に『デルフィーヌ』は、その構成原理からして十九世紀国民文学の王道である「教養小説」とは異質である。特定の資質をもつ人間が幼少期から青年期の体験をつうじて自己を形成し、決定的な試練である恋愛体験をへて、市民社会にふさわしい大人になるという教育的な物語は、十年、二十年という時の流れを俯瞰する。これに対して『デルフィーヌ』のドラマは一七九〇年四月に始まり一七九二年十月におわる。わずか二年半で人間が成長するはずはないといいたいのではない。人間の変化や成熟は、この作品の主たる関心ではないという事実を、まずは強調しておきたい。

『デルフィーヌ』は『フィクション試論』（一七九五年）や『情念論』（一七九六年）における哲学的・美学的な考察の応用編という側面をもつ。作者は虚構の人物たちに人間の悪徳や美徳、あれこれの情念などを割り当てて、そこから生じる衝突や葛藤をとおして人間の生き方を問うているのである。デルフィーヌの遠縁に当たるヴェルノン夫人の「賭け事」と「偽善」と「裏切り」、その娘マチルドの「頑なな信心」と「エゴイズム」というふうに、作品を読みながら時代の習俗を彩る典型的な情念の目録を作ることもできるだろう。ヴェルノン夫人がデルフィーヌへの「友愛」を装う一方で、「名誉」を重んじるレオンスの疑念を掻き立てて、惹かれあう二人の仲を裂き、マチルドとレオンスを結婚させてしまうというのが、物語前半の流れであり、後半ではレオンスとデルフィーヌの精神的な愛が破綻して、修道院に身を隠したデルフィーヌをレオンスが探し当て、二人の逃避行が始まってほどなく、レオンスは銃殺されてしまう。その直前にデルフィーヌは毒薬を飲み、恋人の腕のなかで息絶える。スタール夫人は、書簡文学で名高いサミュエル・リチャードソンはもとより、フランシス・バーネイなど同時代の女性作家にも親しんでおり、イギリスの先駆的な物語作りの技法を学んでいた。『デルフィーヌ』終幕の波瀾万丈の展開は女性たちに紅涙を絞らせて、フランス小説の新しい読者層を形成することに一役買ったにちがいない。

以上をふまえて『デルフィーヌ』は書簡体のオピニオン小説であると定義してみよう。むろん文学史で公認された範疇ではないけれど、この長編小説を通読して、わたしはopinionという語彙の頻度に一驚したのである。検索をかければ、全六部の第一部では五十六件がヒットして、第四部までは四十件以上を保ち、ドラマの大団円では激減する。この謎を解いてみよとスタール夫人が誘っているようではないか。しばしば『デルフィーヌ』と比較されるルソーの『新エロイーズ』(一七六一年)の場合、書簡体による恋愛小説という共通性はあるけれど、登場人物たちは世間を離れて小さな共同体を営んでおり、opinionという語彙はドラマの終幕にかけてやや目立つという程度なのである。一方で『デルフィーヌ』の大団円は、もはや議論をしている状況ではないという理由によるのだろう、語彙としてのopinionがテクスト上に頻出することはない。

あらためて確認するならレオンスは「名誉」というアンシャン・レジームの美徳に執着し、その指標として世論の評価に過敏な反応を見せる。これに対して、デルフィーヌは感情ゆたかで献身を惜しまず、憐憫の情ゆえに自分を犠牲にし、世論に逆らってでもみずからの判断で行動し、ついには取り返しのつかぬ不幸を背負いこむ。主人公の男女に託された作品の道徳的な意図、いわゆる「教訓《モラリテ》」は、じつは作品のエピグラフに予告されている――「男は世論《オピニオン》に挑むことを、女はこれに従うことを学ばなければならない」というのだが、一七九四年に死去した母ネッケル夫人の遺稿に見出されたというこの文章は、物語を読み終えたのちに立ち返ってみると、密かな異議申し立てを伴って引用されているように思われる。母の言葉は、世論に対して女性を受動的に位置づけている。じっさい世論とは、発話の主体が特定されぬオピニオンであり、これを受け入れる者、これに翻弄される者にとっては目に見えぬ権力でもあるだろう。いいかえればスタール夫人はフィクションによって、弱者と世論の関係に迫ろうとしたのである。次作の『コリンヌ』では、世論の犠牲となるヒロインが、より鮮明な描線で描かれることだろう。

ところで文学史によれば、サロンの全盛期において「書簡」は「会話」の延長上にあり、その文体は「語られる言葉」に類似するとも指摘されている。本書第1幕でも確認したように、人はしばしば会話のつづきのように手紙を書いた。手紙が回覧されたり、朗読されたりすることもあり、書簡は「ソシエテ」の内部で最新情報を交換する絶好のメディアとして機能した。『デルフィーヌ』は世間で取沙汰されている身近なトピックをとりこむだけでなく、書簡体小説のメディア的な効果を最大限に活かしている。つまりパリの上流社会で流通する多様なオピニオンを紹介することで、一般読者の問題意識を刺戟して、さらに広範な議論を喚起した。その意味で、まさに「話題作」と呼ばれるにふさわしい。

それにしても、たかが悲恋の物語に過ぎぬ『デルフィーヌ』のいったい何が、身近なトピックや緊迫したアクチュアリティに絡むのか？　これも文学史的な常識によれば、革命が急進化するプロセスが見え隠れするていどにしか描かれていない『デルフィーヌ』は、非政治的な文学であるとされている。じっさい第一統領ナポレオンが共和政から帝政への移行を着々と準備しているときに、共和政誕生の経緯について作者が個人の見解を表明することはあまりに危険だった。しかしあらためて年代を確認するなら、物語のクライマックスは、一七九二年九月、王政が廃止され国民公会が成立する時期に重なっている。諸々の出来事のなかで、ドラマの伏線として最大限に活用されるのは、九月二十日、立法議会の会期の最終日に承認された離婚にかかわる法案である。

同日に、戸籍を地方自治体の管轄とすることが決定された。よく知られているようにアンシャン・レジームのもとでは、教会の台帳が戸籍の役割を果たしていた。フランス人は教会で洗礼を受けたときに誕生を記録され、婚姻の際には教会で神の祝福を受け、死ねば教会墓地に埋葬されたのである。婚姻は神の秘蹟であるとして離婚を認めぬカトリック教会の教えを、九月二十日の立法は正面から否定したことになる。背景にある決断の重大さに思いを馳せていただきたい。革命政府は婚姻を個人の民事契約であると宣言した。そして家族制度そのものを、さらには人間の生と死を戸籍によって統括することで、国家の管理下に置き、国民生活の統治システムを一挙に非宗教化したのである。

『デルフィーヌ』は、このような状況下で生きる男女の意見交換とケーススタディの書物でもあった。プロテスタントで立法議会議員のルヴァンセは、離婚を認める法の成立に期待して、イギリスを参照例としたラディカルな結婚観を長大な手紙にしたためる。ルヴァンセの妻はオランダで離婚してフランスに帰国したのだが、信心家のマチルドは信仰を裏切った女性との交際を拒み、自分がレオンスと結婚したのちは神に祝福された絆の神聖さを一瞬たりと疑うことはない。信仰心は薄いが名誉にこだわるレオンスが、法律を盾にして愛のない結婚に決着をつけるはずがないことも、おのずと想像されるだろう。習俗と世論において「神の法」が圧倒的な権威をもつ時代に、これと容易に折り合いのつくはずはない「人の法」が徐々に整備され、新しい秩序が構築されてゆくのである。性別や身分を問わず国民の一人ひとりが、例外なく混乱に巻き込まれた時代であった。『デルフィーヌ』が提起しているのは、離婚の可否をふくむ結婚制度の根本的な問い直しであり、万人にとって望ましい「人の法」はいかなるものかという難問だった。あからさまに理念的な問いが投げかけられているわけではないけれど、読者は相当数の登場人物による多様な意見に共感や反感を覚え、さまざまのエピソードのなかに身につまされる話や考える素材を見出すにちがいない。

しかも『デルフィーヌ』が刊行された一八〇二年当時、結婚と家族制度をめぐる議論は、この上なく敏感な政治的イシューでもあった。革命政府は当初から、個別法ではなく組織的に編纂された「民法典」が必要であることを痛感していたが、政治の混迷のなかでこの重要課題は先送りになっていた。一七九二年以降、国民公会や総裁政府のもとでも法案はいくたびか検討されており、きわめてラディカルで左翼的な草稿——完全な男女平等、均分相続、父権の廃止、非嫡出子の権利保障、姦通に限らず合意による離婚を認める、等々——から、徐々に穏健でブルジョワ的な発想へと変わりつつあった。その経緯をふまえて精力的に編纂されたのが、一八〇四年の「民法典」であり、これとセットになった一八〇一年の「政教条約」とを両手に携えて、ナポレオンは「フランス人民の皇帝」という玉座に就いた。

すでに見たように宗教と民法が接続し、競合もするポイントは、とりわけ離婚の可否という問題にある。ナポレオンはカトリック教会の求めに応じ、離婚に厳しい条件を設けたが、そこにも決定的な女性差別が組みこまれる。姦通を理由に夫が妻に、あるいは妻が夫に離婚を求めることができる、というところまでは平等のように見えるけれど、夫の姦通のみが「愛人を夫婦の住居に住まわせた場合には」という条件付きであり、さらには妻の不貞のみが禁固刑の対象となる。夫婦の不平等は、もっとも基本的な人権とみなされる「所有権」にもおよび、妻は夫の許可がなければ自分の財産を処分することも取得することもできない。これが既婚女性は法的に半人前（いわゆる「法的無能力」）という定義の意味するところだった。男性優位の家族像と私的所有権を体系化したナポレオン法典は、アンシャン・レジームの身分社会を近代的な市民社会に作り替え、その後、先進的な成文法として世界中で参照された。女性の社会進出や、夫婦の家事育児の分担や、夫婦別姓など、現代日本でわたしたちが直面する日々の問題は、二世紀前のナポレオン法典の延長上にあると断言しても、じつは見かけほど暴言ではないのである。

さて、本題に戻る。さすがに『デルフィーヌ』の作者がそこまで切実に一八〇四年に公布される民法典の差別的性格を予感していたわけではあるまいが、ともあれ一八〇二年の「話題作」のなかでカトリックの信仰と儀式が批判の対象となっていることは、誰の目にも明らかだった。彼岸に救済を求める信仰は、現世における幸福の追求を認めないと作者自身が考えていることは、人物の配置やエピソードの展開からおのずと伝わるし、それぞれ二度にわたって異なる視点から描かれる臨終の儀式と修道女の誓願の儀式は、いずれも苛酷で非人間的なものとして提示されている。くり返すなら、ナポレオンはローマ教皇庁との和解という大仕事を片付けて、今や手なずけられたカトリック教会を傘下に置きながら、近代的な「人の法」の立法者になろうとしているのである。大評判になった『デルフィーヌ』への苛立ちは、考えてみれば当然すぎるほど当然だった。刊行から二カ月後、スタール夫人はパリに入ることを禁じられた。

『コリンヌまたはイタリア』――女性の自立を求めて

この時期の追放令は一律の国外追放ではない。首都からの距離を指定されることもあり、お目こぼしの配慮もないではなかったが、スタール夫人に対する禁足処分はしだいに厳しさを増し、一八一〇年以降はコペに蟄居してさえ身の安全を脅かされるようになる。じわじわと箍《たが》を締めるように自由を剝奪する権力に抗って――まるで著者が生きていることの証しだといわんばかりに――『コリンヌ』と『ドイツ論』という大作がつぎつぎにヨーロッパの公共圏に送り出されたのだった。

一八〇三年の秋、コペを発ち国境を越えたスタール夫人は、パリから二十キロほどの小さな村に滞在し、密かに様子をうかがっていた。そこに期待を裏切る新たな追放令がとどく。意を決した夫人はライン川をわたり、念願だったヴァイマル訪問を果たす。一七九五年の『フィクション試論』が早くもゲーテの目に留まり、ゲーテ自身の翻訳で雑誌に掲載されたという経緯もあった。スタール夫人は『文学論』でヨーロッパ文明の見取り図を描きながら、ドイツ語圏の知見が決定的に不足しているという自覚をもった。ゲーテの知友でありパリに滞在していたヴィルヘルム・フォン・フンボルト（言語学者にしてプロイセンの外交官であり、博物学者アレクサンダー・フォン・フンボルトの兄）にも啓発されて、この頃からドイツ語を学んでいたという。新しい世紀が明けたばかりのこの時期、スタール夫人はヨーロッパでもっとも著名な女性作家だったはずであり、行く先々のサロンで歓迎された。ヴァイマルではゲーテ、シラー、ヴィーラントなどと交流。ベルリンでは作家として名を成していたアウグスト・ヴィルヘルム・シュレーゲルが、スタール夫人に説得されて息子たちの家庭教師となることを承諾した。話を先取りするならシュレーゲルは、亡命の旅路でもスタール夫人に寄り添い、死後の全集編纂にまでかかわることになる。

ドイツ旅行は計り知れぬ収穫と同時に予期せざる喪失をもたらした。最愛の父ネッケルが死去したという報せを、スタール夫人は旅先で受け取ったのである。狂気のような絶望におそわれたのち、もちまえの気丈さを発揮して、一八〇四年の末、三人の子供とシュレーゲルを伴い、地中海の明るい陽射しを求めてイタリア旅行に出発した。この年の初め、ヴァイマルで観たオペラから新しい書物の着想を得て、その計画を父への手紙で話題にしていたから、当初の予定だった「ドイツ便り」をしばし棚上げにして「イタリアの本」を書くことは、迂遠ながら亡き父への手向けという思いをこめた決断でもあったろう。

ヒロインの名と国名を並置しただけの奇妙な表題からも推察されるように『コリンヌまたはイタリア』の主題の一つは「国民性」であり、国民の特質ないしは「アイデンティティ」という意味合いで nationalité という語彙がつかわれた初めてのテクストであるといわれている。異教的でカトリックの典礼や習俗までが甘やかなイタリアの精神風土をヒロインは代表し、対する恋人のネルヴィル卿は、陰鬱な北国スコットランドの哲学的なプロテスタント精神を体現する。フィクションは『文学論』で示されたヨーロッパ文明の見取り図をなぞるようにして立ち上げられてゆくのである。

　コリンヌはイタリアの化身のような桂冠詩人であり、社交界でも敬愛されながら、出自を明かさず生きている。憂愁をたたえた旅人ネルヴィル卿が陽光のふりそそぐローマを訪れ、二人は恋に落ちる。男のかかえる暗い負い目と女の隠された身元がそれぞれに明かされるのは、長編小説の半ばを過ぎた時点である。コリンヌはイタリア人の母とイギリス人の父をもち、幼いときに母に死なれてイタリアで成長したのち、イギリスで再婚していた父の元に引き取られた。厳格な義母と地方名士の単調な生活に押しつぶされて、しだいにコリンヌは生気を失ってゆく。才能を開花させ、自由に生きて、自立した女性として社会に認知されること——これがヒロインの胸に秘められた悲願だった。

　一方のネルヴィル卿オズワルドはフランスに滞在していたとき革命の急進化と芳しくない女性関係に阻まれて帰国できなくなり、病身の父を孤独に死なせてしまったという悔恨を抱えている。コリンヌの打ち明け話や郷里の人びとの証言によって明らかになったのは、オズワルドの父がじつはコリンヌの父と親友の間柄であったこと、しかも亡き父は息子の伴侶にふさわしいのは自由を求める才能ゆたかなコリンヌではなく、腹違いの妹、北国の妖精のような金髪のルシルであると判断し、はっきりと意思表示をしていたという事実だった。オズワルドの父がコリンヌの父に宛てた手紙には「幸福な祖国」に生まれた市民は「イギリス人としての義務」を果たすべきであり「男たちが名誉ある仕事に就いて行動し頭角を現すことを政治制度が保障しているところでは、女たちは陰に隠れていなければならない」と明記されていた（467）。オズワルドは父の遺志に従ってルシルと結婚し、コリンヌは病み衰えて死ぬ。

政治制度の安定という意味でも、市民社会の成熟という意味でも、大陸に先んじて「国民国家」のモデルを着々と築きつつあったイギリスに対する批判の書だろうか？　むしろ先進国イギリスを範としてフランスの民法典が周到に制度化するはずの社会秩序――そこに内包される近代ヨーロッパのジェンダー秩序――に対する予言的な異議申し立ての書として『コリンヌ』を読み解くことにしよう。

あらためて強調するなら男性の「陰に隠れて」生きる以外の道を女性がえらぶことは許されるのか、という切実な問いが発端にあった。物語の結末が示唆する教訓は明らかに否定的なものだが、ヒロインの失恋という親密圏のエピソードにすべてが還元されるわけではない。作品が問うているのは、多様なものでありうる社会と女性の関係なのである。父を失ったコリンヌは成人に達したときに周囲の勧める縁談を拒み、イタリアにもどることを決意して、そのとき「世論《オピニオン》に照らして不名誉」な行動をとるならば、名前を変えて家族に迷惑をかけぬようにせよという義母の要求を受け入れた。その結果、姓名を剥奪され、社会的なアイデンティティを失った女が、コリンヌという偽名を名乗ってローマの社交界に登場したのである。

つまりイタリアは自由の国なのか？　いや、そもそもイタリアには「世論《オピニオン》」というものがない。「男たちが名誉ある仕事に就いて行動し頭角を現す」ことを保障する「政治制度」が不在であって、おのずと社会も未熟なままだから、女性の自由な生き方を制約する規範もないのだということを、聡明なヒロインは知っている。イタリア人は私的な関係においては誠実で人を欺かないけれど、この国には société がない、salon がない、というのである（161）。お気づきのように、ここで「ソシエテ」と「サロン」とは代用可能な類語として並列されている。以前にもふれたように、人と人との交わりという意味での「サロン」の用法は、じつは十八世紀の末に初めてあらわれて（本書 x ページ）、ほかならぬ『コリンヌ』の評判と影響によって定着したのである。『デルフィーヌ』と同じく、文学史では自伝的な悲恋の物語として片付けられてしまうこともあるのだが、じつはこの長編小説にはイタリア、フランス、イギリスの「サロン」の習俗が念入りに描かれて、社会学的な批判が添えられている。こうした比較論が、社会と女性の関係をめぐる問題提起の土台となっていることは容易に想像されるだろう。

フランスのサロンについて証言するのは一七九一年にパリを訪れたオズワルド。そこには教養と才能にあふれた男たちがいて、公的な場のみならず、とりわけサロンで賛同を得たいと望み、愛されるためというより賞賛されることを求めて女性たちと交流していたというのだが、ご記憶のように、これはスタール夫人の推奨する「ソシエテ」の特質にほかならない（307）。革命勃発の直後、サロン黄金期のフィナーレに当たる一七九一年に観察者の視点が置かれているのも偶然であろうはずはない。オズワルドの友人デルフイユ伯爵は、フランスの亡命貴族でたまたま旅の道づれとなった人物だが、革命以前の浮薄なサロンの精神を代弁する。伯爵によれば素性の知れぬコリンヌは愛人にすべき相手であって、オズワルドのように結婚相手にふさわしいかどうか思い悩むのは、愚の骨頂ということになる。

イギリスについては大都会の華やかなサロンが舞台となることはない。その一方で、地方在住の名望家（いわゆるジェントルマン階級）の生活風景は、コリンヌ自身の思い出として痛烈な皮肉とともに描かれている。シャトーブリアンが『墓の彼方の回想』に引用するほどで、イギリス上流社会のカリカチュアとして読まれていたらしい有名な断章は、およそこんな具合である。食事の席で未婚の女性が男性に話しかけることは禁止。デザートになると女性たちはいっせいに席を立ち、ティールームに移動してお茶の準備をするのだが、そのときの会話の一例として。

ひとりの女性がこう言います、「ねえ、あなた、お湯はしっかり沸いてますかしら、お茶に注いで大丈夫かしら」――「あら、あなた」と相手が答えます、「まだ少し早いと思いますわよ、だって殿方はまだこちらにお越しになりそうもありませんし」――「今日は長いこと食卓に着いておられるつもりかしら」と三番目の女性が言います、「ねえ、どうお思いになって?」――「どうでしょうね」と四番目の女性が答えます、「来週は議会の選挙があるんでございましょう、そのことをお話しなさるために、あちらに残っておられるのかもしれませんわね」

――「いいえ」と五番目の女性がつづけます、「わたくし思いますには、皆さまが先週あれほど熱中しておられた狐狩りのことを話しておられるのではないかしら、たしか今度の月曜日からまた始まるはずですもの。それにしても、そろそろ食事が終わってよい頃合いですわね」

――「あら！　あたくし、あまり期待しませんことよ」と六番目の女性が溜息をつきながら言うと、またもや沈黙が訪れるのです（367-368）。

コリンヌの断言するところによるなら、イタリアの女子修道院でさえ、イギリスのサロンに比べればはるかに活気があったという。ところでスタール夫人自身は一七九三年に四カ月ほどイギリスに滞在し、恋人のナルボンヌとともに地方名士の生活ぶりやロンドンの社交界のマナーについて見聞を広めていた。さらに一八一三年から翌年にかけて一年近くロンドンで亡命生活を送ったが、このときは反ナポレオン陣営の中心人物であったから、華やかなサロンの招待状が引きも切らず舞い込んだ。『フランス革命についての考察』には、その経験もふまえた総括が記されている。

イギリスでは女たちは肉声の言葉のやりとりには決して割って入らない。一般的な話題の会話に女たちが参加するように男たちが働きかけてこなかったからである。食事の席で女たちが退席すると、そのせいで会話は活気をおび、活発になるのである。フランス人と異なり、客を招いた女主人は、その場の会話を巧みに盛り上げたり、とりわけ会話がだらけぬようにと気配りしたりすることに、自分は責任があるとは考えない。これは不幸なことだが、イギリスの社会では皆が諦めているらしく、敢えて話を活気づけようとして人目を惹くよりは、この不幸に耐えるほうがましだと思われている。この点に関しては、ほかのどの国よりも、女たちは気が小さい。それというのも自由な国家においては男たちが人間本来の尊厳を回復することができるから、女たちは自らを従属的なものと感じてしまうのである（CR 888）。

『コリンヌ』の延長上にある断章だが、この指摘には一つの論理的難点が隠されている。復習するならフランスではサロンに男女が参集し「一般的な話題」について意見を交わすことができた。かりに知的な主導権が男にある場合でも、同席する女は評価し賛同するという立場から「会話」に参入できる。一方イギリスという「自由な国家」では、自明のこととして男だけが「政治的自由」を掌握したのだが、その男たちは健全な競争社会という公の舞台に恵まれて「本来の尊厳」をとり戻すことができた。ところがそれと同時に、女たちは男の優位を全面的に承認してしまったようにも見える。オズワルドの父がいうように、やはり近代とは「女たちは陰に隠れること」が求められる時代であるということか。とすればコリンヌの悲劇は、未来永劫くり返されるのか……。

この悲観的な観測が、スタール夫人の結論であろうはずはむろんないのだが、この疑問は、同時代のベルリンの「サロン」をめぐるハンナ・アレントの著作と、スタール夫人の人生の軌跡との思いがけぬ交錯という出来事の紹介を含め、「おわりに」まで先送りにしよう。

『コリンヌ』が刊行された一八〇五年、すでに皇帝ナポレオンが独裁体制を貫徹していることは、誰の目にも明らかだった。公共圏に物として送り出される「書物＝書かれた言葉」は、存在としては儚《はかな》い「会話＝語られる言葉」にも増して、女性の参入が困難な営みなのであり、なおのこと出版という行為自体が、言論抑圧へのリヴェンジとなるはずだった。パリの「ソシエテ」から追放されたスタール夫人が『コリンヌ』により名声を博したとき――サント＝ブーヴの表現によれば「全ヨーロッパがこの名によって彼女に桂冠を授けた」とき――人びとはこれを「圧政」に対する「文学」の勝利とみなしたのである。

作品の冒頭近く、「ドメニキーノの巫女《シビュラ》」のような衣装をまとったコリンヌが二輪馬車に乗ってカピトリーノの丘にあらわれる場面は、とりわけ鮮烈な印象を与えたのだった。スタール夫人がイタリアを旅したのは、一八〇四年に帝位に就いたナポレオンがミラノの王位を得て現地で戴冠式を執り行った時期に重なっている。永遠の都ローマで元老院がコリンヌに、詩の天才《ジェニー》を称える桂冠を授ける麗しき風景は、作者が「軍隊の栄光」を体現するフランスの皇帝を横目で睨みつつ「芸術の凱旋」を造形した詩的讃歌であろうと思われた。今となっては想像しにくい寓意かもしれないが、「巫女《シビュラ》」のひざまずく祭壇は「文学の栄光」に捧げられている。よく知られたスタール夫人の肖像の、あの異教的な被り物が象徴するのは、コリンヌの聖別という反ナポレオン的主題にほかならない。

図4－1　クマエの巫女《シビュラ》（ドメニキーノ画）

「口語的」な文学と断裁された『ドイツ論』

『コリンヌ』が国の内外で轟くような反響を呼んだとき、スタール夫人は「わたしもそろそろ大きなテーブルが欲しくなった、今ならその資格がありそう」と述懐したという。語っているのは、アルベルティーヌ・ネッケル・ド・ソシュール。スタール夫人と同い年で義理の従姉妹に当たる。スイスの高名な自然科学者オラス＝ベネディクト・ド・ソシュールの娘に生まれ、従姉妹と同様、寛大な父親に知性と才能を育まれ、みずからも女子教育の分野などで著作を残している。ジュネーヴとコペでは一族の親密な交わりもあったから、身近な女性による証言はかけがえがない。『スタール夫人の人生と作品に関する覚え書』によれば、スタール夫人は——やや年下のイギリスの大作家ジェイン・オースティンがそうであったように——書斎も執筆用のデスクももたずに、あれだけの大著をつぎつぎに刊行したのである。少なくともコペの城館で父親と暮らしているあいだは、立ったまま暖炉に肘をついて物を書いたりしていたらしい。自室に執筆用の道具一式を整えたのは、ネッケルの死後、かなりたってからであるという。

十九世紀末に生まれたヴァージニア・ウルフが『自分だけの部屋』で主張したのは、独りになれる空間がなければ女性の自立は望めないという事実だった。女性にとって「書くこと」は、社会的に認知されない活動だったという主張に異論の余地はないし、一世紀前のウルフが述べていたよう

図4－2　スタール夫人（フランソワ・ジェラール画）

に、女性に推奨される書き物や書き方には、隠然たる性差のバイアスが働いている。今日でも、そうした実感をもつ女性は少なからずいるにちがいないのだが、それはそれとして、スタール夫人のケースについては問題を白紙に返し、サロンの時代における「書かれる言葉」と「語られる言葉」の具体的な関係を探るところから始めてみたい。

財産の管理や勉強は午前中に、社交や手紙のやりとりは午後に、というのがスタール夫人の日課だった。桁外れに多い人の出入りや出費にもかかわらず、ネッケル・ド・ソシュール夫人の保証するところによれば、コペの家政はきわめて整然と営まれていたという。おそらく席の暖まる暇《いとま》もないという感じの多忙な生活だったのだろう。そのスタール夫人がたまたま次作のプランについて皆と議論をしているときに、「夜は寝てらして、昼間は動きまわったり人と話したりしておられるのに、いったいいつそんな構想を練られるのでしょう？」とたずねたところ、笑いとともに「籠に乗って移動しているとき」という答えが返された。

重要なのはつぎの点である。おそらくスタール夫人にとって「書かれる言葉」と「語られる言葉」は相互排除的な営みではなかったのである。むしろ「書くこと」と「話すこと」が同時進行的に刺激と滋養を与え合い、相乗効果をもたらして、一気呵成に作品が練りあげられてゆくのだと思われる。ちなみに半世紀後のフローベールにおいては「書くこと」と「話すこと」のあいだに親和的な関係はなく、物理的にも「書くこと」は徹底して孤独な営みとなる。それと同時に「散文」と呼ばれる新たな問題が浮上するのだが、これは指摘するに留めたい。

サント゠ブーヴによれば、コペの城館の滞在者はときに三十名を超え、サロンにおける文学的・哲学的な会話は、午前十一時の朝食から深夜におよぶこともあったという。ちょうど『文学論』が書かれていた時期にコペに滞在したある作家の回想によると、スタール夫人は草稿やプランを紹介して皆を議論に誘いこみ、その場で即興のテクストを話してみせる。イタリック表記の *parler*（話す）という動詞の直接目的語が texte という破格の構文なのだが、こうして話されたテクストは翌日には新たな草稿になっており、こんなふうにして「日々午前中に一章を仕上げて」いたというのである。この早業《はやわざ》はいくらなんでも信じがたいとしても、集合的かつ口語的な知の営みという特質が、スタール夫人の執筆活動をたえず活気づけていたことはまちがいない。

父ネッケルの存命中から、スタール夫人は政権に脅かされた人びとをコペの城館に避難させていた。ナポレオンが権力の座に就いたのち、とりわけ『デルフィーヌ』が出版されてからは、実質的にスイスが生活の地となっており、のちに「コペ・グループ」と呼ばれることになる文学的・思想的な集団がレマン湖の畔に形成されてゆく。中核となるのはスタール夫人とコンスタン、そしてプロイセン出身のシュレーゲル、さらにはアダム・スミスの紹介者でイタリア通でもあるジュネーヴ出身のシスモンディなどだった。おそらくスタール夫人が主宰するサロンにおいて、これほど濃密な知的交流が生まれたことはかつてない。にもかかわらず、スタール夫人が『ドイツ論』のなかで「サロン」について語るとき、切々たる郷愁とともに思い起こすのは、一七八九年前後のパリの「ソシエテ」なのである。なぜか？

ここであらためてハンナ・アレントの『革命について』を参照するなら、「社会」とは「奇妙でいささか雑種的な領域」であり、古代からある「公共圏」と「親密圏」のあいだに近代になってから挿入され、両者の橋渡しをするような領域のことであるという（一八七）。なんだか実感が伴わない定義かもしれないが、これまでのスタール夫人の生活環境を反芻してみよう。じっさい革命初期の立憲王党派のサロンも、総裁政府期の「黄金のサロン」も、政治という「公の事柄」へと開かれた活動の場であった。これに対して大陸に君臨するナポレオンが「自分を標的にした武器庫」とみなすコペの集団は、ヨーロッパの政治から強制的に排除され、やがてサロンの存続すら危ぶまれる状況になってゆく。「文学の栄光」の化身のようにふるまいながらも、そのじつスタール夫人はしだいに募る実存的な不安のなかで生きていた。本人にいわせれば国外追放は、社会的な存在としての人の尊厳とアイデンティティを抹殺するという意味で、死刑につぐ残酷な刑だった。

　そうした環境のなかで、スタール夫人は旅先にあってさえ、生身の人間との口語的な交流という知的な基盤を守りぬこうとしたのである。イタリア旅行では『イタリア中世諸共和国の歴史』（一八〇七年）を準備中のシスモンディが途中で合流し、ローマでは外交官フンボルトに再会し、行く先々で新たな交際が始まった。『コリンヌ』の前半は、ヒロインが恋人の案内役をつとめてイタリアを旅するという設定になっており、フィクションという形式にもかかわらず、発想は『ドイツ論』にきわめて近い。その『コリンヌ』が出版された一八〇七年の暮れ、スタール夫人はシュレーゲルとともにウィーンに向けて出発し、半年ほどドイツ諸邦に滞在したのちに、大作の執筆を開始する。ナポレオンの軍隊によって平準化された大陸で、イタリアにつづいてドイツの国民性《ナシオナリテ》を描出し、諸国民の共存するヨーロッパという国際政治の理念を創出することは、スタール夫人とコペの知識人たちが分かち合う遠大な目標なのである。

名著の誉れは高いけれど読まれることのない『ドイツ論』という事情は、今日もあまり変わらない。なにしろ野心的な構想なのである。一八〇七年から翌年にかけての厳冬に、フランス軍占領下のベルリンで哲学者ヨハン・ゴットリープ・フィヒテが行った連続講演「ドイツ国民に告ぐ」の愛国的な呼びかけに、国境の向こうからスタール夫人が密かに応答を返したかのような具合だった。共通の啓蒙的な知と公共精神を中核としたドイツという「コンパクトな国民」が今のところ承認されているわけではないけれど（I-55）――いや、ざっくばらんにいえば、その国土はナポレオンの軍靴に蹂躙され、恣意的に分断されているけれど――ゲルマン系の諸民族を統括する「国民性」はたしかに存在するという信念が、作品全体をつらぬいている。とはいえスタール夫人は今回も、周到に現代政治への言及を避け、ナポレオンなどこの世に存在しないかのように『ドイツ論』を書き上げていた。

アンシャン・レジームと訣別したフランスが、自信を失い進むべき道を模索していることは確かだった。皇帝ナポレオンはサロンの会話に代えて宮廷の習俗を、革命の勃発に責任があるらしい啓蒙思想に代えて絶対王政期の古典主義を復活させようと試みた。啓蒙の世紀のフランスは、とりわけイギリス贔屓だった。リチャードソンの小説や、ベーコン、ロック、ヒュームなどの経験論哲学などの影響は、なるほど大きな成果をもたらした。しかし今は第三の道を探るときではないか——ということでドイツが浮上するのだが、スタール夫人の断言するところによれば、ドイツに対するフランスの無理解は無知に由来し、その原因はフランス人がドイツ語を学ばぬことにある。ペスタロッチを丁寧に紹介する著作の教育者的な意図を確認し、スイスの一部もふくまれる「ドイツ」は領土的な概念ではなく「ドイツ語」が緩やかに包摂する文化圏であることも強調しておこう。

気候風土、習俗、社会、文学、哲学、道徳、宗教、等々が多様な相貌のもとに描かれてゆくのだが、微妙な状況下で反感を買わぬようにフランス側を説得し、ドイツ側の共感を呼び覚ますことは容易ではなかったと思われる。それでもロマン主義の源流としてのドイツ文学という評価は、一八二〇年代のフランスでは完全に定着していたし、カントをはじめとするドイツ観念論がヴィクトル・クーザンなどにより平易に解説されるようになったのも、事の始まりはスタール夫人の後塵を拝してのことだった。一八七〇年、ナポレオン三世が普仏戦争で敗退したときに、スタール夫人の「ドイツ贔屓」の責任が問われたというのだから、独仏の文化を架橋する一冊の書物が、途方もない影響力をもったという点については、大方の意見が一致するのである。

近年でいえばリュシアン・ジョームが大著『消された個人またはフランス自由主義のパラドックス』（一九九七年）の第一章をスタール夫人とバンジャマン・コンスタンに捧げ、カントの道徳律を紹介しつつフランス功利主義の乗り越えを図ったスタール夫人の哲学的成果を「主体の自由主義」と名づけている。また今日再評価の機運がめざましい文学研究者ポール・ベニシューは、フランス・ロマン主義研究の第一巻『作家の聖別』（一九七三年）で、スタール夫人に新しい光を投げかけた。『ドイツ論』の第三部「哲学と道徳」と第四部「宗教と精神の昂揚《アントウージアスム》」を連続した論理という観点からダイナミックに読み解く解釈であり、スタール夫人が「我らの内なる神」と呼ぶ「精神の昂揚《アントウージアスム》」は、カトリックのような啓示宗教とは相容れぬ「強い人間主義」につらぬかれた信仰であるという。『ドイツ論』の終幕で朗々と謳いあげられる宗教へのオマージュは、ベニシューによれば、じつは「哲学によって宗教を併合する一つの手法」にほかならない。

『ドイツ論』の終章は「精神の昂揚《アントウージアスム》の幸福への影響について」と題されている。サント＝ブーヴはこれを絶賛し、スタール夫人の会話の魅力が凝縮されたページと形容するのだが、高度な思考内容を棚上げにして、言葉の魅力だけを翻訳で日本の読者に伝えることはむずかしい。そこで、このクライマックスに代えて、口語的なパフォーマンスにかかわる著者の繊細な感性が読みとれる別の断章をご紹介しよう。ドイツ語の「詩法」を解説してスタール夫人はこう語る。「国民の精神」を深く知りたかったら、その国の言語の韻律を学ぶとよい。外国語の単語を発音してみると、まるで他人が話しているような気がすることがある。じつのところアクセントを身につけるのは容易ではないし、発音をきちんと模倣するためには、長い修練が、あるいは幼いときの印象が、必要不可欠なのである。そして、この発音のなかにこそ、国民の性格のもっとも微妙で定義しがたい部分が宿っている（I-197）――「人の声」を愉しむという意味合いにおいても、まことにスタール夫人は「声の人」だった。

現代日本の出版事情からすると夢のような数字だが、内容の圧倒的な重厚さにもかかわらず、著者も書店も自信があったのだろう、『ドイツ論』初版は一万部が印刷された。一八一〇年の秋、製本された一万部の書籍が積み上げられたところで、皇帝による断裁の命令が下された。

第5幕　反ナポレオンとヨーロッパの精神

『ドイツ論』は皇帝の命令により断裁された。スタール夫人はコペとジュネーヴでの軟禁生活に耐えたのち、家族を伴い亡命の旅に出る。ロシアではアレクサンドル一世に拝謁、スウェーデンでは旧知の間柄である王太子ベルナドットに面会し、一八一三年の夏、ロンドンに到着。反ナポレオンの象徴としてのヨーロッパ的名声は、今やゆるぎない。翌年の帝政崩壊を待って、五月パリに帰還。三年後の一八一七年七月十四日に死去。

その間にスタール夫人は『自殺論』を書き上げ、ロンドンで『ドイツ論』を刊行し、『追放十年』と『フランス革命についての考察』という大著二作を未完ながら公開可能なところまで執筆した。

ロシア皇帝、スウェーデン王太子のほか、イギリスの軍人で反ナポレオンの巨頭ウェリントン、オーストリアのメッテルニヒ、アメリカ合衆国のジェファソンなど、各国の君主や大物政治家と慇懃に交流し、そのかたわら、啓蒙思想のなかで育まれた奴隷制批判の運動を引き継いで、精力的に「黒人奴隷貿易廃止」のために活動した。

ネッケルの娘はこうして諸国民の融和するヨーロッパのために語り、書き、闘い、革命と戦争の四半世紀を「自由の友」として生きぬいた。五十一年の、圧倒的なスケールの生涯である。

『自殺論』と亡命の旅──ロシア、スウェーデン、イギリス

ナポレオンは厳格な言論統制をめざしており、一八一〇年二月にはアンシャン・レジーム期の検閲制度を復活させていた。その年の秋にスタール夫人が経験したことは、亡命先のロンドンで三年後に刊行された『ドイツ論』の「序文」で詳細に報告されている。恣意的な検閲の難癖や削除要求を受け入れ、やっと印刷製本された書籍を、警察大臣が差し押さえて一冊残らず破棄するという二段構えの統制が行われたのである。「法の不在を宣言する」ための法をわざわざ発布することは無意味ではないか、と著者は辛辣なコメントを添える（I-37）。

業者との打ち合わせや校正作業のために、スタール夫人は一族郎党を引きつれて国境を越え、パリから四十里以上離れたロワール川沿いの知人の城館に留まっていたのだが、そこに警察大臣ロヴィゴ公爵（皇帝に爵位を授けられ姓を変えた元サヴァリ将軍）の命令が届く。印刷に付した最終稿と校正刷りを当局に提出し、二十四時間以内に国外に退去せよとの指示だった。一週間の猶予を願い出たスタール夫人に対するロヴィゴの返信は、一八一三年のロンドン版「序文」の引用で読むことができる。ナポレオンへの賛辞がないことが破棄の原因なのではない、この書物は皇帝にふさわしからぬものであり、そもそも「フランス的」ではないのである。貴女が賞賛する民を模範とみなさねばならぬほど、われわれは文化的に窮してはいない、等々。スタール夫人がロワール川から海を

めざすことを見越して、アメリカへの亡命は黙認するが、イギリスへの渡航は阻止するという趣旨の脅しまで書き添えてあった（Ⅰ-39）。

冒険小説さながらに、厳しい監視の目を盗み、体を張って『ドイツ論』の関係資料をもちだした身内の者たちの機転と勇気がなければ、この時点で作品は消失し、三年後に海の向こうで甦ることはなかったはずである。「序文」に記された一八一三年十月という日付は、ドイツがフランス軍の支配を脱する時期に重なっており、翌年の三月には対仏大同盟が総力をあげてパリに進撃。四月一日、タレイラン率いる臨時政府がナポレオンの廃位を決定する。この三年間にフランスと他のヨーロッパ諸国との力関係は逆転したのである。その間、スタール夫人も危機に次ぐ危機をくぐりぬけていた。

一八一〇年の秋、アメリカ亡命を断念してコペに帰還したスタール夫人は、自分の本を刊行する度胸のある出版業者はもはや大陸に存在しないことを知っている。ロヴィゴ配下の役人が知事としてジュネーヴに派遣されてから、監視の目はいっそう厳しく、嫌がらせはますます下品になってゆくのだが、いかに沈黙を強いられても、書くことはやめられない。一八一一年には二つの構想が生まれていた。一方の『追放十年』はあからさまな「反ナポレオン文学」であり、いわば健全なリヴェンジの執筆活動だった。個人的体験から裏話や噂話まで、皮肉たっぷりに言いたい放題をいう。コペの城館にも捜査の手が伸びていることは確かだったから、危うい原稿は破棄しながら「偽装した手稿」として書きつがれたのである。協力者は、スタール夫人の腹心の友で娘アルベルティーヌの家庭教師でもあるイギリス人女性フランシス・ランダル（通称ファニー）。偽装作業は単純そのもの、原稿の固有名詞をすべて入れ替え、イギリスの古文書の翻訳のように見せかけるというだけのことだが、なるほど校訂版に資料として収録されたテクストを読んでみると、いかにもそれらしい。よほど教養のある者でなければ絡繰りは見抜けまい。

もう一方の『自殺論』を執筆した動機は複合的なものだろう。スタール夫人の小説ではかならずヒロインが死ぬ。とりわけ『デルフィーヌ』の結末は、自殺の賛美だとして厳しく批判されており、著者は大団円を書き変えて服毒自殺から衰弱死に変更してみたこともある（どちらの結末を選ぶつもりだったかは不明）。人間が自由意思によって自らの死期と死に方を決定できるのか——今日でも死生学の重い中心テーマであるこの問いは、カトリック教会の厳格な判断が世論を拘束していた時代にあって、迂闊には扱えぬ事柄だった。スタール夫人が自作の弁明という意図をもって『自殺論』を書き始めたことは疑いようがないし、全体の趣旨がキリスト教の教説を尊重していることもまちがいない。それにしても不安の募る自宅軟禁という状況下、著者自身が死の欲動に抗しつつ、あえて危険な主題にとり組んで、平たくいえば自殺の誘惑を遠ざけるために自殺論を書いたという解釈も成り立つにちがいない。

おのずと注目されるのは、客観的な議論より個人的な思考の展開である。一八一一年の十一月、劇作家クライストが人妻と心中した。センセーショナルな事件に世間は騒然となったが、スタール夫人は辛口の分析を書き記す。これはドイツ人が陥りがちな「奇妙な昂ぶり」であり、男は女を銃で撃ってから自殺したというけれど、じつは正真正銘の殺人ではないか。たとえ合意のもとであろうと、人間の意志などは一過性のものだから、正義と人間性という永遠の法則に照らしてみれば、これは他人の人生に対する「残忍な所有権」の行使にほかならない（378-381）。真の「精神の昂揚《アントゥージアスム》」は、こうした身勝手な「昂ぶり」とも、宗教的な「狂信《ファナティスム》」とも異質である。それは理性と背反するのではなく、理性に内在するものであり、理性と「精神の昂揚《アントゥージアスム》」が相俟って、魂の本質は構成されているのである。

お気づきのように『自殺論』の哲学的な思考は『ドイツ論』の第四部「宗教と精神の昂揚《アントゥージアスム》」の延長上で展開されている。ところで哲学的な試論の内部に、考える素材のようなフィクションを導入するという形式は、十八世紀にはよくあった。『自殺論』では巻末に「ジェイン・グレイについての覚書」と題した数ページが添えられている。ヒロインは実在の人物で、プロテスタント勢力に担がれてイングランド王位についたが、カトリックのメアリー一世により廃位され、十七歳のうら若き身で斬首刑になった。獄中のジェインが、信仰と教養の導き手であった聖職者に宛てた手記という設定になっており、愛する夫の斬首された亡骸が運ばれてきたという記述で終わる。

文学史的にはロマン主義の先駆けのような哀切な恋愛物とみなされるかもしれないが、むしろクライスト批判を意図した「精神の昂揚《アントゥージアスム》」の実践論として読みたいと思う。リュシアン・ジョームの「主体の自由主義」という定式や、ポール・ベニシューの提起する「宗教と哲学の和解」という大きな問題系とも関連するところがあるだろう。考えてみていただきたい。かりにあなた自身がキリスト教信仰をもつとして、牢に囚われ、おぞましい斬首と相対的には苦痛の少ない自死とのいずれかを選択する自由を与えられてしまったとしたら？　あなたはいかに思考し、いかに決断するか？

『ドイツ論』の断裁から二年半、スタール夫人はコペを脱出した。決意を固めたのは、本人の言葉によれば「不幸の伝染病」のためだった。家族同様だったシュレーゲルは遠ざけられ、コペを訪問した友人たちは次々に追放処分を受けた。本書では私生活についての報告は最小限にとどめるが、この間に、スタール夫人はジョン・ロカという若き恋人を得て、人気《ひとけ》の絶えたコペの城館で一八一二年の四月、密かに男児を出産。五月二十三日、見張りの目を盗み、周到に準備を重ねていた亡命の旅に出る。

ウィーン、モスクワ、サンクトペテルブルク、ストックホルムを経てロンドンまで、二千里（ほぼ八千キロ）の旅であり、同行したのは、三人の子供のほかシュレーゲル、ジョン・ロカ、ファニー・ランダル、そして使用人が何名か。七月十四日という象徴的な日にロシア国境を越え、侵攻したナポレオンの大陸軍に追われるように平原をひた走り、八月にモスクワで一休み。歓迎してくれた総督ロストプチンが敵軍を前に旧都に火を放つのは、九月の半ば。サンクトペテルブルクでの短い滞在で、スタール夫人は皇帝アレクサンドル一世にまみえるが、二度の拝謁の日付は、ロシアの皇帝とスウェーデン王太子ベルナドットとの会見をはさんでいた。対仏大同盟の帰趨を決することになる両雄の対談で、アレクサンドルは「かりにペテルブルクが陥落したら、シベリアに撤退するまで」と徹底抗戦の決意を語ったとされる。この話は、ほかならぬスタール夫人の『追放十年』に記されており、両国の同盟関係にはスタール夫人の隠然たる影響が働いていたともいわれている。旅日記のようでもある『追放十年』の記述が不意に途切れるのは、スウェーデンに向け乗船した一行が嵐に襲われる場面。その後、加筆された形跡はない。

こうしてスタール夫人は、生まれて初めて夫の祖国に足を踏み入れた。スウェーデン王太子ベルナドットは南フランス出身の軍人で、かつては将軍ボナパルトのライヴァルと目されており、スタール夫人にとっては信頼できる旧友でもあった。フランス人でありながらスウェーデンの王太子に指名されて実績を積み、ナポレオン帝政が崩壊したらフランス国王に推輓《すいばん》しようという動きもあったとされる。一八一三年一月にストックホルムで出版された小冊子『自殺論』は、格調高い献辞を添えて、そのベルナドットに捧げられている。

一八一三年六月、スタール夫人は八カ月ほどのスウェーデン滞在を終えて亡命の目的地イギリスをめざす。その間に『フランス革命についての考察』が書き始められていた。ロンドンでの華やかな社交生活は十一カ月に及び、国際政治の舞台で脚光を浴びたいというスタール夫人の念願が叶ったような日々だった。対仏大同盟の陣営が結束を固める一方で、ロシア遠征から帰還したナポレオンも精力的に戦力の立て直しを図る。人びとは固唾を呑んで戦況を見守りながら、ヨーロッパの新秩序をめぐる駆け引きを行っていた。そして一八一四年の三月、ついにパリ攻防戦の決着が付く。

四月六日、ナポレオンは無条件の退位宣言に署名し、元老院はルイ十八世を「フランス人民の国王」と呼んだ。新国王のパリ帰還は五月三日。スタール夫人がアルベルティーヌとともに首都に戻ったのは五月十二日。長男オーギュストは一カ月ほど前に帰国していたが、スウェーデンで仕官していた次男アルベールが前年の七月に決闘事件で落命したことも言い添えておかねばならない。この衝撃について、スタール夫人は不思議なほど沈黙を守っている。父ネッケルが死去したときと異なり、深い悲しみを人目に曝すまいとしたのだろう。

奴隷貿易の廃止は最後の「活動」となるだろう

衆目の一致するところスタール夫人は教育熱心で情の深い母親だった。父親の違う子供たちは仲良く偉大な母に寄り添って成長し、長男と同じ年頃のジョン・ロカが母の伴侶となってもさしたる確執はなかったように見える。一家が懐かしいパリとコペで平安を見出してからわずか三年後、スタール夫人は五十一歳の若さで死去するのだが、おそらく長くは生きられぬという予感があったのだろう。一人前の知識人になった長男に後事を託し、娘にしかるべき伴侶を見つけ、献身的に支えてくれたジョン・ロカとの関係を婚姻により正式なものとして、亡命の前に生まれた男児を認知した。身近な人びとへの配慮や死後出版にかかわる周到な指示を記した遺言もしたためられていた。一八一七年の二月にパリで発作をおこして身体不随となり、奇しくも七月の十四日、スタール夫人は他界した。病名は「水腫症」と記されているが、心不全あるいは腎不全が原因だろうか。

さて、ここでスタール夫人の政治的な活動の一例として奴隷貿易が話題になる。刊行されたばかりの最晩年の『書簡集』二巻の編者もそのことを強調しており、コペの思想グループと奴隷解放の結びつきは近年の学問的トピックでもあるのだが、それにしてもなぜ、見たこともないはずの黒人奴隷なのだろう？　スタール夫人が注目されるようになった理由の一つは、奴隷制にかかわる歴史研究の大幅な進捗にある。エドワード・サイードを旗印にしたポストコロニアル批評が全盛だった時代には、もっぱら一八四八年が脚光を浴びており、わたしも現役の教師だったから、関連文献を教材につかったりもした。二月革命により成立した第二共和政が、議会の審議をへることなく四月二十七日に奴隷制廃止の政令を公布したのだが、このとき臨時政府のもとで組織された委員会の長として早業をやってのけたのは、ヴィクトル・シェルシェール。その名はフランス旧植民地や海外領土の歴史にも刻まれている。ところで今、わたしの手元には、ネリ・シュミットやオリヴィエ・ペトレ＝グルヌイヨーによる複数の著作があり、一八四八年の研究が新資料により目に見えて更新されただけでなく、一八二〇年代からの解放前史、奴隷制導入に始まる数世紀の歴史、あるいは奴隷貿易に特化したイスラームを含む全体史など、新たな実証研究の領野が開かれたことを示している。

歴史を遡れば、人文主義にもとづく奴隷制批判は十六世紀のモンテーニュにも認められ、啓蒙の世紀についてはモンテスキュー、ディドロ、コンドルセ、グレゴワール神父、レナール神父などの名がただちに思いおこされる。革命のさなかの一七九四年二月四日、国民公会の宣言により植民地における奴隷制度が理念的には廃止されたが、これは政策的対応を伴わぬ空手形にすぎず、カリブ海域の島々では黒人奴隷の反乱があちこちで起きた。これに対して第一統領ボナパルトは一八〇二年に植民地の奴隷制を正式に復活し、軍隊を派遣した。その一方には「奴隷制廃止」に並行もしくは先行する国際政治の争点として「奴隷貿易廃止」という課題が存在した。近年の研究成果によって、一連の重大な問題が、じつはネッケルからスタール夫人へ、そして長男オーギュストおよびアルベルティーヌの夫ド・ブロイ公爵へと継承されてゆくことに、わたしは遅ればせながら気づかされたのである。とりわけ若くして元老院議員となった大物政治家のド・ブロイ公爵は二つの課題を連動させ、議会で発言し、「フランス奴隷制廃止協会」の会長を解散時まで務めあげた中心メンバーにほかならない。ちなみにこの人物の名を、わたしはこれまでBroglieという綴りをそのまま片仮名表記してきたが、気がついてみれば革命史からプルーストの作品にまで登場するこの名家は、貴族の称号deを添えてド・ブロイと発音されている。不注意を恥じつつ訂正したうえで、ネッケルから三代にわたって継承された政治的な遺産を、ひとまずスタール夫人の世代までふり返っておきたい。

七年戦争（一七五四〜一七六三年）により植民地争奪戦でイギリスに敗退したフランスにとって、奴隷制の存続は残る植民地の経営と国家の財政にかかわる切実な問題でもあった。ネッケルは衰退した東インド会社の再建にかかわって財をなした金融家であり、個人的にもカリブ海域の植民地事情に精通していたが、それだけでなく奴隷解放の歴史でかならず参照されるディドロやレナール神父は、ネッケルの盟友でありサロンの常連でもあった。一七八四年の大著『フランスの財務行政について』のなかでネッケルは、グローバルな経済システムにかかわる奴隷制廃止の問題、具体的には奴隷の解放と賃金労働への移行という問題は、ヨーロッパ諸国の協調なくしては実現しないことを説き、中核となるべき英仏の廃止論者たちに積極的な行動を呼びかけていた。そうしたわけでジェルメーヌは幼いころから、黒人奴隷制とは何か、ヨーロッパとアフリカ大陸と新大陸の植民地をつなぐ三角貿易とは何かを身近な話題として知っていたと思われる。

若いころにスタール夫人は「植民地もの」といえる小品をいくつか発表しているのだが、なかでも中篇小説『ミルザまたはある旅人の手紙』は、本人の証言によれば革命より以前、二十歳にもならぬときに書いたものであるという。舞台はアフリカ西海岸、セネガルのゴレ島。いわずと知れた奴隷貿易の一大拠点である。「旅人」は島の総督から現地人の経営する模範的な農場があると聞いて見学に訪れる。それはカリブ海のサン゠ドマングの農場を模したものであり、総督の説明によるなら、こうした成功例によって砂糖キビの栽培がアフリカ人のあいだに浸透すれば、自由貿易の取引を現地で行うことができるから、ヨーロッパ人が黒人を祖国から無理やり引き離し、恐るべき奴隷制の頸木《くびき》につなぐこともなくなるはずだった。しかるに思慮の浅い黒人たちは将来の世代に配慮しないというのが実態であり、自分の説得を受け入れたのは、奴隷船から解放してやった件《くだん》の黒人農場主ただ一人であるという。総督の構想は、今日の用語でいえばアフリカ大陸のエンパワメントということになろうが、「二十歳にもならぬ」ネッケルの娘は耳学問によってこの先進的なアイデアにも馴染んでいたにちがいない。

『ミルザ』が一七九五年に発表されたことには、それなりの狙いがあるだろう。四年前に始まったサン＝ドマングの反乱は治まりそうもなく、勇猛な黒人指導者トゥサン・ルヴェルチュールの名がフランス本土でも鳴り響いていた時期である。物語は、証言者である「旅人」が模範農場を訪れて、高貴な血を引く黒人農場主の告白を聞くという設定になっている。筋書は単純で、女の情熱と男の不実という永遠のテーマによるのだが、ここで念のため強調しておきたい。黒人にせよ新大陸の先住民にせよ、現地人エリートの精神性や美徳は、ヨーロッパ文明との接触によって対等に磨かれるという推定は、おそらく十九世紀初頭までは知識人のあいだで共有されていた。シャトーブリアンの『アタラ』（一八〇一年）やユゴーの初期作品『ビュグ・ジャルガル』（一八一八年執筆、一八二六年刊行）、あるいはデュラス公爵夫人の『ウーリカ』（一八二四年）などにも通底するユートピア的な文明のヴィジョンである。デフォーの『ロビンソン・クルーソー』（一七一九）でも、恐ろしい食人の習慣をもつ種族の「野蛮人」が何年かの教育のおかげで「文明人」の仲間入りをしているではないか。いわゆる科学的な言説が、白人以外の人種の本質的かつ遺伝的な劣等性を説くようになるのは、十九世紀の半ば辺りから。この差別的人種主義が二十世紀にかけて帝国主義の土台となったことは、あらためて指摘するまでもない。

フランス革命が勃発して以来、スタール夫人が奴隷制と植民地の問題をより切実なものとして考えつづけていたらしいことは、度重なるトゥサン・ルヴェルチュールへの言及からも推察される。一八〇一年には、親しくしていたジョゼフ・ボナパルト（ナポレオンの兄）への手紙に「黒人たち

図5－1　「黒人の友の会」のメダイヨン

が憲法を語っているのだから、人類の完成可能性を信じぬわけにはゆきません」との述懐がある。ほかならぬトゥサンが「サン＝ドマング憲法」の制定を急いでいることを知っての個人的な感想である。その後ナポレオンの謀略によってフランスに拉致されたトゥサンは、一八〇二年の夏にジューの要塞に幽閉され、翌年の春に獄死する。スイスとの国境をなすジュラ山脈にあり、コペからも遠からぬジュー要塞の囚人に、スタール夫人は思いを馳せていた。ナポレオンの圧政を象徴する各地の監獄をかぞえあげる『追放十年』のページには、要塞のそばを通りかかって「アルプスの氷の地獄」で死んだ黒人を偲ぶ場面がある。

ジョゼフ・ボナパルトに宛てた手紙の「人類の完成可能性」という表現については、本書110ページ以下で見たとおりだが、注目したいのは、その「人類」の配慮すべき一部として黒人奴隷の問題が考察されているという事実である。一七八七年、ロンドンでウィルバーホースを中心とする「奴隷貿易廃止協会」が結成され、その翌年パリではブリソ、コンドルセ、ラ・ファイエットなどによる「黒人の友の会」が誕生した。会長となるコンドルセは、一七八一年、匿名ながら『黒人奴隷制についての省察』を発表した実績をもつ。冒頭で黒人奴隷たちに二人称で呼びかけた「献辞」のテクストは、「肌の色こそ異なるが、あなた方は我が兄弟と考えている」という宣言に始まり、「人類」と「正義」という言葉で締めくくられていた。

父ネッケルが望んだように、英仏の連携のもとに展開される運動を、スタール夫人は強い関心をもって見守っていた。ウィルバーホースによる『奴隷貿易廃止についての書簡』（一八〇七年）のフランス語訳のために、堂々たる「序文」を執筆したほか、一八一四年、対仏大同盟の軍隊がパリに入城した直後には『パリに集結した君主たちへの呼びかけ――黒人奴隷貿易廃止のために』と題した公開書簡を発表した（ウィルバーホース宛ての私信とともに、本書「補遺」185〜190ページに収録）。先進国イギリスはすでに一八〇七年に奴隷貿易廃止法を議会で可決していたが、ナポレオン帝政の崩壊にともなってスペインやオランダなどにも同調の機運が生まれていた。そして一八一四年九月に召集されたウィーン会議では、法的拘束力はないものの奴隷貿易の廃止をめざすという趣旨の「宣言」が翌年の二月八日に採択されたのである。

スタール夫人の「公開書簡」が「君主たち」の説得にいかほど貢献したかは、今となっては知る由もない。しかし各国の政治情勢に通暁したスタール夫人が、戦勝国イギリスとロシアに別格の敬意を払いつつ「ヨーロッパ」「アフリカ」「アジア」などの語彙を大胆かつ巧みに配置して「人類」の未来をめぐる議論を構成していることは、おのずと読みとっていただけよう。わたしがこの文書に特別の愛着をいだくのは、奴隷制廃止に至るまでの長い道程のなかで、これが母から息子への遺

図5－2　オーギュスト・ド・スタール（アンヌ＝ルイ・ジロデ画）

書のような役割を果たしたのではないかと思われるからである。

ウィーン会議の「宣言」は奴隷貿易の禁止を謳いながら、既存の貿易システムを効果的に廃止するための法律や行政の整備を各国に義務づけるには至らなかった。そのため期待とは裏腹に、もぐりの悪質な業者による「中間航路」（新旧の大陸をつなぐ奴隷船の航路）の災厄が猛威をふるったのであり、これに対して新たな「活動」を立ち上げたのが、長男オーギュストとコペを拠点とする思想家たちだった。この後日譚は最後の項であらためて取りあげよう。

「巨大なパトス」としての自由――アレントとスタール夫人の革命論

殁後二〇〇年に当たる二〇一七年、スタール夫人はようやく本来の姿をわたしたちの前に現した。全九巻からなる書簡集の完結編に当たる最後の二巻と『フランス革命についての考察』の学問的な校訂版が刊行されて、一九八〇年代から自由主義研究の隆盛とともに再評価されるようになった政治思想家としての力量にくわえ、生身の活動家としての魅力が見えてきたように感じられるからである。

一八一四年の春にロンドンから帰国したスタール夫人が、ロシア皇帝アレクサンドル一世、スウエーデン王太子ベルナドットはもとより、イギリスのウェリントン、オーストリアのメッテルニヒ、アメリカのトマス・ジェファソンなどと交わした丁重な私信を読めば、細心の注意を払って培ってきた長年の人間関係を温めながら、みずからの信条を率直に語り、国際政治に働きかけようという固い決意が伝わってくる。本書ではジェファソン宛ての最後の手紙を収録したが、これは一八一七年二月、スタール夫人が発作のために床に就く九日前のものである（補遺192〜196ページ）。

あらためて正式の表題によるなら『フランス革命の主要な出来事についての考察』は一八一七年の末に刊行される予定だったが、完成には至らなかった。故人の遺志により、編集は長男オーギュスト、ヴィルヘルム・シュレーゲル、ヴィクトル・ド・ブロイ（アルベルティーヌの夫）の三名が担当し、一八一八年四月、全集の出版に先立ち単行本として刊行された。六万部の初版はただちに売り切れ、少なくとも一八八一年までは版を重ねたが、その後、しだいに忘却の淵に沈み、一世紀を経たのちの一九八三年に復刊された。「反革命」や「大西洋革命」の研究で知られる歴史家ジャック・ゴデショの長い解説と周到な注を付した版であり、これが自由主義研究の進捗と、さらにはフランス革命そのものの再解釈と足並みを揃えた出版であることはいうまでもない。

ここで複雑な議論に深入りするつもりはないけれど、そもそもフランス革命とは何であったのか？　とかりに問われたとして、わたしが学部の学生だったころ、つまり知識人は左翼でマルクス主義だという神話が生きていたころには、およそこんな回答が可能だったのだろうと思われる――それは「ブルジョワ革命」であり、要するに経済力を蓄えた新興ブルジョワ階級と封建制を支柱とした貴族階級の抗争であった、と。伝統あるフランス革命史の「主流派」は、階級闘争と社会経済的なファクターを重視する、いわゆる「マルクス主義的な革命解釈」を掲げていた。これに対して一九六〇年代後半から頭角を現したフランソワ・フュレなどの研究が、革命の政治的側面を強調して「修正主義」と呼ばれ、こうした再解釈の機運のなかで、ネッケルとスタール夫人が華々しく復権することになる。

それゆえスタール夫人の『フランス革命についての考察』が、ハンナ・アレントの『革命について』と親和性をもつとわたしが直観的に感じてしまったことには、それなりの根拠と必然性があると主張しておこう。何よりも、政治的な自由こそが革命の目的であるという大前提は、二つの「革命論」に共通する。かりにスタール夫人が現代に甦ったとしたら、アレントに深く共鳴し、ジャコバンの独裁は「プロレタリア革命」の先駆としてではなく、「全体主義」に内在する「恐怖政治《テロル》」のプロトタイプ（原型）として考察すべきだというアレントの見解に賛同しただろう。そして自らの経験にもとづき、確信をもってこう証言しただろう——十八世紀のフランスに巨大な産業資本は形成されておらず、知的エリート層において貴族とブルジョワは融和していたし、そもそも「特権身分」はあったけれど、経済的な収奪や社会的な連帯にもとづく「階級意識」は都市部でさえ未熟な時代だった。そのような状況下で「階級闘争」が全国的なスケールで革命の原動力になったはずはない。

お気づきのようにマルクス主義的な革命解釈の外側というポジションで、スタール夫人とアレントは邂逅するのである。さらに二人の出遭いについて想像するなら、ヨーロッパをひとつの文明圏として捉え、新旧の大陸を一望のもとにおさめる思考の闊達さからしても、スタール夫人はアレントと意気投合したにちがいない。アメリカ革命の「建国の父たち」への敬意や、「恐怖政治」のメカニズムを分析する視点や、政治とは「会話」すなわち「言論《スピーチ》」をとおして参入すべき「活動」であるという理解など、いくつかの具体的な論点においても、接点が見出せるのではないか。そんなふうに今わたしは考えている。残されたページで素描をこころみることにしよう。

スタール夫人の実体験において、革命とは国民の政治的自由を創設する営みだった。六部からなる浩瀚な『フランス革命についての考察』は、ネッケルが政権を担当する以前の歴史的な概観を冒頭に置き、革命の勃発、ジャコバン支配と国民公会、総裁政府、ボナパルトの統領政府、ナポレオン帝政、その崩壊とルイ十八世の王政復古、ナポレオンの「百日天下」と立憲王政の未来というふうに、執筆の現時点までを視野に入れている。一七八九年という始まりの年に「巨大なパトス」(本書56ページ)を抱いた者たちは、専制と抑圧に対して立ち上がった「自由の友」amis de la liberté として、その精神を継承してゆかなければならない。今も「革命」の大義は理想のままにとどまっているという意味で、著者の理解によれば、それは終焉した過去の出来事ではないのである。

かりに誰かがスタール夫人に対し、貴女は革命の初期には「立憲王党派」であり、総裁政府期には「共和主義」を信奉し、最終的には復古王政と和解した、それは変節ではないか、と難詰の言葉を向けたとしたら、自分は終始一貫して「自由の友」だった、と自信に満ちた答えが返ってくるだろう。じじつ『フランス革命についての考察』のなかで、現時点の状況を前にして、いかなる政体を選び、いかなる党派を支持し、いかなる意見を表明すべきか、と問いかける存在は、しばしば「自由の友」と名指されている。

その「自由の友」は「恐怖政治」をいかに位置づけているのだろう。スタール夫人とバンジャマン・コンスタンが、ロベスピエールの失脚後、いちはやくジャコバンの暴政を個人の悪徳ではなく「政治のシステム」として定義したことは、本書94〜95ページで紹介したとおりだが、最晩年の見解をここで確認してみたい。

現代の若者や外国人たちは革命以前の状況、つまり土地が国民に分配されて税制の不公平が廃止される以前の状況を想像もできないのだろうが、とスタール夫人は語っている。当時、フランスの農民は植民地の黒人奴隷より悲惨だといわれており、しかも奇妙なことに、これは奴隷制を支持する植民地の白人たちを利する議論にもなっていた。いずれにせよ「悲惨な生活」は無知を増大させる。フランスの民衆が革命のなかで示すことになる残虐さは、「幸福の不在」ゆえの「道徳の不在」に起因する（CR 74）。以上の指摘はアメリカ独立戦争を語る章の直前にあり、革命前夜のパリの「アメリカ通」たちは、新大陸が相対的に豊かであること、そしてフランスの課題は民衆の極限的な貧困にあることを熟知していたと推察される。ご存じのように、アレントも貧困の問題は新旧の大陸を分かつ決定的な差異であり、新大陸の革命が「恐怖政治」へのコースを辿らなかった最大の要因であると考えている。

さて「恐怖政治」にかかわる章でもスタール夫人は同じ議論をくり返す。イギリスやオランダなどヨーロッパに「革命」の先例が複数あるにもかかわらず、フランス革命だけが極限的な暴力を招いたのはなぜか。その原因は「悲惨な生活」にあり、じじつここ百年来フランスの民衆ほどに不幸だった民はない。かりにサン＝ドマングの黒人たちのほうがより多くの残虐行為をなしたというのなら、それは彼らがいっそう大きな圧政の犠牲になっていたからにすぎないというのである（CR 436）。しかしこれで暴力の由来については一応の回答が示されたとしても、「恐怖政治とは何か？」という謎が解決したことにはならない。スタール夫人の「革命論」の精髄は、つづく分析的な記述にあると思われる。

一七九三年のフランスでは、とりあえず何もかも打倒されてしまったかのようだった。もはや王権も、貴族も、聖職者も存在しなかった。共和国の軍隊は反革命を掲げるヨーロッパ諸国の脅威に立ち向かい、勝利をおさめることができた。ところが危険が過ぎ去り障害と懸念がなくなったときにこそ、真の暴政が始まったのである。ジャコバン派の無軌道な独裁を「無政府状態《アナーキー》」と呼ぶ者がいるけれど、これはまちがっている。じつはこれほど強力な「権威」がフランスに君臨したことはない。ただそれは、いってみれば「奇妙な権力」だった。それは民衆の「狂信《ファナティズム》」から派生した現象ではあるのだが、民衆を支配する者たちも自分が断罪されることを恐れ、迫害に拍車をかけたからである（CR 436-438）。こうしてコンスタンのいうシステムとしての「恐怖政治」が作動する。

公安委員会（一七九三年春から一七九五年秋まで存続し、ロベスピエールの失脚までは事実上の革命政府だった）はとりたてて有能な人材によって成り立ってはいなかった。テロルという機械が、諸事情の成り行きのためにバネをきつく巻き上げたような具合になり、勝手に全能の力をふるい始めたのである。行政機関は、ひたすら死をもたらす恐るべき道具に似ていた。斧をふりかざす手ではなく、斧ばかりが目に入るのだった。（CR 457）

「テロルという機械」la machine de terreur という言葉に注目していただきたい。これに呼応するかのようなハンナ・アレントの展望を、ここで思い出しておこう。まず『全体主義の起源3――全体主義』には「テロルは国内における反対派の衰退とともに衰えず、逆に強化される」という指摘がある。ロシアにおけるボルシェヴィキの恐怖政治は、反革命の反対派も党内の反対派も一掃された一九三〇年以後に始まっており、ナチ党の支配の場合、ゲシュタポが国内の平定を認めた一九三七年に強制収容所システムの異常な拡張が始まったというのである（一四九～一五〇）。さらに『革命について』を参照するなら、ボルシェヴィキにおいて革命を推進するために採用された「制度的な仕組みとしてのテロル」terror as an institutional device は「フランス革命の進路を決定した諸事件をモデルとし、それとの関連で正当化された」と解説されている（一四八、90）。アレントの「全体主義批判」と「革命論」の結節点に当たるのが、ほかならぬ「恐怖政治」の問題であること、アレントの device とスタール夫人の machine が、ともに自動装置を想起させることは、念を押すまでもあるまい。

ロベスピエールの評価についても、アレントとスタール夫人の比較をこころみることは可能だが、限られたページゆえ、スタール夫人の意見のみ手短に紹介する。上記引用文につづき、この時代についてはロベスピエールを唯一の例外として、いかなる名も後世に残るまいと著者は語っている。そして一七八九年五月にネッケル邸に現れた本人を知る者として、二ページにわたる念入りな肖像を描く。貧相な容姿、極端に民主的な言辞と並はずれた権力欲、思いのほか端正な身なり、等々、きわめて辛辣な描写であることは予想通りだが、スタール夫人がボナパルトに見てとった怪物性のようなものは片鱗もない。なるほどナポレオンは軍人として君臨し、自由を圧殺した「独裁者」だった。一方「独裁による自由」（CR 232）というジャコバン派の標語は途方もない自己矛盾であり欺瞞だとスタール夫人は考えており、「民主的な美徳」を標榜しながら権力に執着するロベスピエールは、どこか薄気味悪い「偽善者」であると断定する（CR 459）。

以上、権力の座にある個人と政治システムとしてのテロルを分離して「奇妙な権力」に注目したことは、スタール夫人の思考の傑出した鋭利さを裏づけていよう。執拗なまでに強調しておきたいのだが、革命の渦中に生きた世代の女性、それも未来の皇帝に政治を語ることを禁じられた女性たちの一人が、この「革命論」を書いたのである。

スタール夫人によれば、人びとはロベスピエール失脚後も「恐怖政治」の復活を恐れており、それが将軍ボナパルトによるクーデタと権力の掌握を招いたのだった（本書102ページ）。帝政が崩壊した今、「自由の友」が参照すべきモデルはイギリスの立憲王政以外にありえない。というわけで

『フランス革命についての考察』の第六部は肯定的なイギリス論をなし、とりわけ安定した政治制度を立憲王政の範として称えることが眼目となっている。

ところで隣国の政治的自由を賛美することが、過激王党派（ユルトラ）の躍進により反動化の兆しを見せているフランス現体制への間接的批判とみなされる可能性は大いにあった。そうした微妙な確執への配慮を含め、最晩年のスタール夫人は、どのていど穏健な着地点をめざしていたのだろう。

ここで話題はふたたび書物の校訂という問題にもどる。長男オーギュストをはじめとする一八一八年の初版の編者たちは、スタール夫人の草稿を神聖なものとみなし、いかなる加筆も行わなかったと断っているのだが、二〇一七年の校訂版を担当した研究者たちの検証作業によれば、加筆訂正や削除の痕跡は相当数にのぼる。この種の齟齬はよくある話にすぎないが、指摘しておきたいのは、加筆訂正や削除は総じてスタール夫人の言論の過激さや辛辣さをたわめる方向に働いているという事実である。つまり二〇一七年に甦ったスタール夫人の姿は、これまで以上にラディカルで活動的なのである。

スイスから世界を見る

「恐怖政治」の項で見たように、アメリカ独立革命の影響下で勃発したフランスの革命は、その後の悲惨なコースのために、新大陸との精神的・政治的な紐帯を見失ってゆく（本書75ページ）。アレントの『革命について』が描出するこの展望をなぞるかのように、スタール夫人の『フランス革命についての考察』は構成されている。じっさい恐怖政治をへたフランスが、共和政を放棄して帝政を選んだことにより、参照すべきモデルとしてのアメリカはいっそう遠のいた。その後ナポレオンとワシントンの名が併記されるのは、両者の相違を際立たせるためでしかない。ひと言でいえば『フランス革命についての考察』におけるアメリカの存在感は希薄であるように思われる。

しかし、つぎの一文を見落としてはなるまい。

いずれ偉大になると思われる国民があるとすれば、それはアメリカ人である。理性の完璧な輝きが国全体に生気を与えているのだが、唯一の汚点がこれを翳らせている。それは南部地方に残存する奴隷制である。しかし合衆国議会がこれを克服する政策を見出したあかつきには、これほど賢明なる諸制度に対し深甚なる敬意を捧げぬわけにはゆかないだろう（CR 908）。

アメリカへの共感をスタール夫人は生涯にわたって温めていた。ジェファソン宛ての手紙（補遺192〜196ページ）にも記されているように、一八一七年には息子をアメリカに旅立たせようと考えており、ネッケルの孫にしてスタール夫人のご子息を歓迎するとの懇切な返信を元大統領から受けとっていた。ところで「建国の父」の一人として一八〇一年から一八〇九年まで第三代アメリカ大統領をつとめた政治家は、かつて『ヴァジニア覚え書』（本書76ページ）のなかで、現代アメリカの黒人奴隷から古代ローマまで遡り奴隷制の問題を法と財産の観点から論じたこともある。スタール夫人が新大陸への期待をこの名にこめて、英国のウィルバーホースとパリの「黒人の友の会」のメンバーでもあったラ・ファイエットに並べたことには、個人的な絆という以上の理由があったにちがいない。人類にとって真に価値ある事柄について、人はどこにいようと意見を共有できるという指摘には以下の文章がつづく。

〔……〕自由の友たちは、世界の端からもう一方の端まで、知性の光によって意思を通じ合うのであり、それは宗教を信じる者たちが感情により意思を通じ合うのと同じなのである。いやむしろ至高なる存在への愛においてそうであるように、自由への愛において知性の光と感情は一体となる。奴隷貿易廃止にせよ、諸国民の権利にせよ、出版の自由にせよ、ジェファソンはラ・ファイエットのように考え、ラ・ファイエットはウィルバーホースのように考える。この聖なる同盟には、もはやこの世にいない者たちも加わっている（CR 980）。

『フランス革命についての考察』の掉尾を飾る高らかな宣言文のような一節であり、スタール夫人の絶筆である。ジェファソン宛ての手紙が、新著に「お名前」があると予告したうえで「聖別された人」といういささか大仰な言葉で締めくくられていることの背景と理由が推測されるだろう。

ところでesclavageという言葉は古代から現代までの身分上の奴隷だけでなく、たんに自由を奪われた状態――奴隷のように女性を家庭に閉じ込めるとか、あるいは薬物の奴隷になるとか――を比喩的に指すこともある。黒人奴隷とは心身の自由を極限にまで剝奪された存在なのであり、その意味でスタール夫人の言論活動は、首尾一貫して「巨大なパトス」としての自由のマニフェストだったともいえる。しかし、初代の活動家たちは、なぜ根本的な解決である奴隷制廃止を求めなかったのか？――この疑問に答えることはむずかしくない。制度そのものの廃止は懸念や反対や混乱が大きすぎて当面は不可能だというのが、英米とフランスの廃止論者たちに共通する判断だった。アメリカでも一七九四年から奴隷貿易廃止の方針が懸案になっていたのだが、各州で実施されたのは、ジェファソンが大統領だった一八〇八年のことである。

前述のように、コペの城館はネッケルが生活の本拠として以来、奴隷制をめぐる思索と活動の中心になっていた。先輩格のイギリスとプロテスタント信仰によって結ばれており、帝政期にはパリからの距離が利点となって、反ナポレオンの姿勢をつらぬく人びとの国際的なネットワークが形成されていた。スタール夫人と同世代の重鎮は、バンジャマン・コンスタン、経済学者のシスモンディなど。奴隷制にかかわる個々の発言は省略するが、長男オーギュストの活躍について簡単に触れておきたい。

ウィーン会議においてヨーロッパ列強七カ国が「奴隷貿易廃止」の方向で足並みを揃えたことにより、フランスでは事態が予期せぬ方向に進展し、非合法の奴隷貿易が猖獗を極めたことは、すで

図5－3　コペの城館（ルイ＝オーギュスト・ブラン画、1791年）

に指摘した。一八一七年一月八日の王令が奴隷貿易用に艤装された船舶の没収を定め、その後も徐々に法整備が進んだようには見えるものの、実態はざる法であり、港湾や海上で違反者を取り締まる行政の管理体制も整っていなかった。こうした状況を憂慮して一八二一年にパリで「キリスト教道徳協会」が設立され、翌年にはその内部に「奴隷貿易廃止委員会」が組織された。世論に訴えるための機関誌も発行され、さらに一八二五年には、ナントの奴隷船艤装業者から購入した恐るべき奴隷拘束具を含む多様な資料が「キリスト教道徳協会」の建物内で展示された。この種のものとしては初めての展示会である。一連の活動を牽引したのは、オーギュスト・ド・スタール。三代にわたる英仏の絆を象徴する有能な若者は、その二年後に三十七歳で他界する。コペの城館は思想的な人脈とともに、スタール夫人の娘アルベルティーヌとその夫ド・ブロイ公爵に引き継がれた。

　国民国家の揺籃期に当たるこの時代、法的な意味での「国籍」という概念はあいまいである。当然のことながら、ヨーロッパの人びとの祖国への帰属意識も今日とは異質なものだった。ネッケルがルソーと同じく「ジュネーヴの市民」という出自を自覚していたことは確かだろうが、パリで生まれ育ってスウェーデン人の妻になったスタール夫人に「スイス人」の意識はなかったと思われる。一方で本人の語るところによれば、亡命先のロンドンで対仏大同盟の軍隊がパリに進軍していると聞いたとき、これを迎え撃つボナパルトが勝って戦死することが自分の望みだと言い放ったという(CR 681)。つまり心情においてはフランスが、何ものにも代えがたい祖国だった。一方でスタール夫人は、カトリックの教会制度と信仰に対しては違和感を抱きつづけている。ルイ十六世の「寛容令」（プロテスタントとユダヤ人に市民権を与える王令）がようやく一七八七年末に発布された国のなかで、自分たちが伝統に保護されぬ他者であることを痛感していたにちがいない。しかし見方を変えれば、アンシャン・レジームの恩恵を受けぬ家系であったからこそ、ネッケルもスタール夫人も客観的な距離を置き、特権身分の専横を批判することができたといえる。

スタール夫人とフランスとの紐帯はユグノの家系である母方によってかろうじて保たれていたけれど、父方の祖父はドイツ系である。ネッケルの家には、自分たちはカトリックの女王メアリーによる宗教的な弾圧のためにアイルランドから脱出したプロテスタントの末裔だという言い伝えがあったらしく、スタール夫人はこの話が気に入っていたのかもしれない。二十歳のころと最晩年、二度にわたってジェイン・グレイをヒロインに取りあげており、メアリーの陣営に玉座を追われて処刑されたうら若きプロテスタントの女王に、精神の絆のようなものを見出していたのではないかとわたしは考えている。

そうしたわけでスタール夫人はフランス人ではなくコスモポリタンであるという歴史家ゴデショの言葉には一理あるといえるだろう。スイスは故郷でも祖国でもなかったが、レマン湖の畔には親密な安住の地があった。コペからジュネーヴまで、今なら車で二十分とかからない。そのジュネーヴ郊外の小高い丘のうえにジャック・ネッケルの兄ルイが夏の別荘をかまえていた。一族の賑やかな交流の場には、ルイの息子に嫁いだソシュール家のアルベルティーヌもおり、おかげで上述のような私生活風景の描写が残されたのである。

図5－4　バンジャマン・コンスタンの議会演説集の巻頭挿絵（1828年）

ルイ・ネッケルの屋敷は所有者が何度か変わったのち、現在はマルタン・ボドメール財団の図書館・美術館となっている。創立者マルタン・ボドメールはチューリヒ出身で、十五万点に及ぶ稀覯本や手稿のコレクター。ジュネーヴの街並みとレマン湖を見下ろすモダンな施設で二〇一七年に、スタール夫人の歿後二〇〇周年、バンジャマン・コンスタンの生誕二五〇周年を記念する展示会が催され、『自由の精神』と題された豪華なアルバムが刊行された。その巻頭を飾るエッセイのエピソードをご紹介しよう。第二次世界大戦が終結したばかりの一九四六年、スイスを訪れたウィンストン・チャーチルは、九月十九日にチューリヒ大学で独仏の和解と「ヨーロッパ合衆国」の構想を語って大きな反響を呼んだ。その三日前、チャーチルはジュネーヴ郊外の当時は私邸であったボドメールの館を訪れていた。ネッケル家とスタール夫人ゆかりの地で新しいヨーロッパの息吹が感じられたことを告げる祝賀の記事が、地元の新聞に掲載された。

最後にスタール夫人の『ドイツ論』から「小説」を論じた章にさりげなく書き込まれた一文を。

――現代に求められるのは、ヨーロッパの精神をもつことである。

おわりに——スタール夫人の「会話」からアレントの「言論《スピーチ》」へ

一つの人生を追体験するための方法、最も親密で幸福な方法とは、これを言語的に再体験することではなかろうか。二〇一六年秋に上梓した『評伝 スタール夫人と近代ヨーロッパ』につづく本書をわたしは「スタール夫人 bis」と呼んでいるのだが、二冊の相違は必ずしも難解な「研究者向き」と平易な「一般読者向き」という区分に対応するものではない。前者はスタール夫人の主要著書、つまり「書かれた言葉」を基盤とし、後者は啓蒙のサロンにおける「会話」とは何か、と問うことから始めたのだった。

くり返し見たように革命前夜からパリの「ソシエテ」は急速に政治化するのだが、最終的には皇帝ナポレオンの言論統制により沈黙を強いられる。その後も二十世紀にいたるまで、フランスに貴族や大ブルジョワのサロン、文士や芸術家の集うサロンは数多く存在し、女たちは華やぎをもたらすことを求められていた。しかし「サロニエール」の主導する「会話」の様式と活力は失われたままだった。本書で描出したような「インターフェイス」としての機能、家庭という名の親密圏にこもりがちな女たちと「公的な事柄」を接続する政治的な役割が、サロンに期待されることは二度とない。

こうした言語的環境の劇的な変化を、スタール夫人は一つのドラマとして生きた。そこから「語られる言葉」をめぐる今日的な教訓《モラリテ》を導くことができるのではないか——この予感が確信に変わったのは、スタール夫人とアレントの思いがけぬ接点を見出したときである。

まずは簡単な復習から始めよう。スタール夫人とアレントはそれぞれに、ナポレオン戦争と第二次世界大戦というヨーロッパ全域をおおう災厄に遭遇し、近代社会の幕開けに当たる激動と終末的な暴力を体験した。アレントにとってフランス革命は、とりあえず成功例といえるアメリカ独立革命との対比という意味で重要なだけではない。その後の世界の革命は、なぜかフランスを範例として参照しつづけたのであり、とりわけ「恐怖政治」の原点という水準で、フランス革命は全体主義の流れと結びつく。失敗例という定義が政治学の結論であろうはずはない。

その原点に遡るなら、アメリカの革命をモデルに「自由の創設」をめざして始まったはずのフランスの革命が、早々に「恐怖政治」へと転化して「悲惨なコース」を辿ったというアレントの見取り図は、スタール夫人の切実な体験にもとづく理解と完全に符合する。アレントと同様に、スタール夫人も革命の急進化と暴力性という前例のない現象を社会経済的な要因（民衆の極限的な貧困と不幸）から説明しているが、これは相対的には豊かな英米の国情を知るフランスの革命家たちが共有した認識だった。つまりマルクス主義的革命解釈が正しいか否かという問題とは別次元の話である。

さらにスタール夫人は、そこで謎解きが終わったとは考えない。そして「恐怖政治」を特徴づける政治のメカニズムを「テロルという機械」と呼んで、この「機械」が自動的に作動する暴力を、ふりかざす手の見えぬ斧という鮮烈なイメージに託して言語化したのだった（本書163ページ）。この分析は、革命の渦中にあった女性によって書きあげられた千ページの「革命論」の到達点ではないかとわたしは考えている。スタール夫人の政治学が二十世紀のアレントを予告するゆえんともいえる。

さてこれにくわえて、わたしが発見したもう一つの接点は、上記の言語的環境という問題設定にかかわっており、ここで第三の女性が登場する。アレントの数ある著作のなかで『ラーエル・ファルンハーゲン――ドイツ・ロマン派のあるユダヤ女性の伝記』は、やや風変わりな印象を与えるのではないだろうか。「ラーエルの生涯の物語を、もし彼女自身が語ったとしたらこうであろうように私の言葉で語ること」に著者の関心はあったとされる（三〜四）。その意図を汲んだ英訳新版（一九九七年）の「編者解説」には「ハンナ・アレント、ラーエル・ファルンハーゲン、そして（Auto）biography を書くこと」という気の利いたタイトルがつけられている。引用符を多用し、自由間接話法的な叙述がつらなる再体験方式のテクストに、奇妙な夢の断章が説明もなく挿入されていたりする作品が、いわば文学的な動機によってわたしを強く惹きつけていることはいうまでもない。それにしても娘時代のアレントがこれほどまでに――自伝でもあるような伝記を書くほどに――言語的に一体化してしまったラーエルとは何者か？

ひと言でいうなら、プロイセンの市民社会に認知され溶けこむことを悲願とした同化ユダヤ人、その第一世代の女性である。啓蒙の世紀に芽生えて一定の成果を挙げたユダヤの同化運動は、異質なものを排除する「国民国家」の内部で軋轢を増大させてゆく。反ユダヤ主義のうねりが頂点に達し、ドイツでナチス党が政権を獲得してヒトラーが首相の座に就いたのが一九三三年。アレントはすでに書き始めていたラーエルの伝記を携えてベルリンから脱出し、パリでシオニズム運動にかかわりながら原稿を書き進め、さらに渡米したのち一九五八年、ようやく刊行に至る。奇しくも破局の年の百年前、一八三三年に死んだユダヤ女性の言葉を、今現在の自分が生きている黙示録的な惨劇のプロローグであるかのように、アレントは丁寧に辿りなおしていたのだろう。

富裕な商人の家に生まれたラーエルはレーヴィンという家族の姓に露出するユダヤ性を洗い流すため、一八一〇年に改姓してラーエル・ローベルトを名乗り、さらに一八一四年、プロテスタントの洗礼を受けてフリーデリーケ・ローベルトとなり、ファルンハーゲンと結婚した。姓名をめぐる葛藤や「まるで呪文のよう」な改名による変身は、じつに興味深いのだけれど（一二六）、この問題はラーエルのユダヤ性とともに棚上げにせざるを得ない。

一七七一年生まれのラーエルは、スタール夫人より五歳年下、ベルリンで名を馳せた「サロニエール」である。この二人が国境を越えて交流した可能性を示唆する痕跡が、昨年完結したばかりのスタール夫人の書簡集に微かながら見てとれる。一八〇〇年にラーエルはパリに十カ月ほど滞在した。一八〇四年にはスタール夫人がベルリンに一カ月逗留し、このとき二人が顔を合わせたことは確認できる。何よりもベルリンを拠点とするヴィルヘルム・フォン・フンボルトやシュレーゲル兄弟などの知識人、その伴侶や元伴侶や恋人や友人などの多数とラーエルは浅からぬ縁をもち、これらの人びとはスタール夫人の身辺の人脈でもあった。しかし生身の二人がいかなる状況で出遭い、いかに相手を評価したかは、ここで探索すべき課題ではない。この時代、革命や戦争を避けてヨーロッパの諸都市を移動する人びとの群れはふくらんでいた。しかもナポレオンの統治下でサロンの活力が一気に衰えるという経験を、スタール夫人とラーエルは共有したのである。それゆえ「サロニエール」として見るなら、二人は至近距離にいた、おそらく似通った言語的環境を生きていたと断言できる。

ラーエルは文学作品を発表することはなかったが、なんらかのかたちで公開されることを前提とした六千通以上の手紙と十三冊の日記などが、夫ファルンハーゲンに遺品として託された。この「ファルンハーゲン文庫」からアレントが紡ぎ出した物語によれば、ラーエルはロマン主義的な内面の絶望を断片的に語る内省の言語から、世界と歴史に接続する普遍性の言語へと導かれたという。娘のころから愛読したゲーテは、のちに個人的な親交にも恵まれて、ラーエルにとって永遠の「同伴者《コンパニー》」となる（一一八〜一一九）。娘時代の個性的な文芸サロンは、一八〇六年ごろにナポレオンの侵攻により崩壊してしまい、その後ラーエルは反ナポレオンの闘いに参加する友人たちとの交わりのなかで新たな社会性を獲得してゆくのだが、夫の協力に支えられた著名な「サロニエール」としての本格的な活動は、ウィーン会議後、スタール夫人が病歿したのちに展開されている。

つまり生前のスタール夫人は、レーヴィン家のラーエルを知っていたにすぎない。一方「ファルンハーゲン文庫」のなかに、先輩格のスタール夫人への言及がある蓋然性は高いものの、その名がアレントの目に留まった可能性はないだろう。ヨーロッパを舞台にしたスタール夫人の活動が人びとの記憶から跡形もなく消えてしまった二十世紀にアレントは生きており、ベルリンのユダヤ女性についての自伝的伝記を書きながら、古めかしい恋愛小説を書いたフランスの女性作家に注目しなければならない理由はないからである。

というわけで、スタール夫人とラーエルとアレント、三人の女性をつなぐ具体的な接点など、どこにも存在しないかのように見える——「語られる言葉」への信頼、複数の人びとが自由に語り合う「会話」あるいは「言論《スピーチ》」への積極的な期待という共通の姿勢をのぞいては。

アレントの「労働」「仕事」「活動」という枠組みを本書の「はじめに」で紹介したが、そのときに依拠した文章の全体を読みなおしてみよう。

言葉〔word〕と行為〔deed〕によって私たちは自分自身を人間世界の中に挿入する。そしてこの挿入は、第二の誕生に似ており、そこで私たちは自分のオリジナルな肉体的外形の赤裸々な事実を確証し、それを自分に引き受ける。この挿入は、労働のように必要によって強制されたものでもなく、仕事のように有用性によって促されたものでもない。それは、私たちが仲間に加わろうと思う他人の存在によって刺激されたものである（『人間の条件』二八八、176-177）

第五章「活動」からの引用であり、ここでの「言葉」が語り合いの現場を想定した「口語」を指すことは自明だろう。人が自らを「人間世界」に挿入するとき初めて社会的なものが身辺に形成され、肉体的な存在としての人が承認される、それは「第二の誕生」に似ているという主張である。お気づきのようにアレントにおける「活動」と不可分の「言論」speechという位置づけは、ラーエルが生きた「サロン」Gesellschaftの言語的環境を、アレント自身が自伝的伝記を書きながら追体験したことと深く結びついている。そのことは近代的な「社会」の生成と「自由」の創設をめぐるアレントならではの考察の豊かな土壌となっているにちがいない。

付随する大きな疑問にも、ひと言だけふれることをお許し願いたい。『人間の条件』のなかで「語られる言葉」は「活動」の支柱をなす一方で、「書かれる言葉」は――オムレツとタイプライター（本書xiページ）という比喩からも推測されるように――一括して「仕事」の範疇に収められているらしい。文学研究者の実感からすれば、これは途方もなく理不尽な分割なのである。とはいえこの不思議な歪《ひず》みには、何かしら重大な主題が隠されているのかもしれない。アレントの自伝的伝記に描かれたラーエルも、そしてスタール夫人自身も、それぞれに「語られる言葉」と「書かれる言葉」に固有の有効性について、あるいは相互の望ましい関係について、漠然と思いをめぐらせており、さまざまの言語的実践をとおして独自の調整をこころみているように感じられるからである。いずれ稿を改め、考えてみたい。

最後にわたし個人の実感を、思い切り平板な言葉で述べておこう。歴史的にみても「語られる言葉」は女性にとって相対的にはアクセスしやすい領域であり、これに対して「書かれる言葉」はもっぱら男性のものだった。「口語」と「文語」にかかわるジェンダー格差、すなわち言語的環境に潜む隠然たる性差の力学について、いいたいこと、考えるべきことは山ほどあるけれど、この問題は脇へ措くとして……。

まずは身近なところで「会話」を活性化しましょうよ！　とわたしがスタール夫人ならいうだろう。ただ集まって話そうというのではない。『ドイツ論』の定義を借りるなら、まことの「会話の精神」は「公的な雄弁」でもなく「親密圏の魅力」でもなくて、その中間にある自由な語らいを想定するという（I-67）。まさしくアレントのいう社会的な実践としての「言論《スピーチ》」ではないか。昔にくらべれば日本でも、若い男女がこうした言葉に習熟するようになっている。だからこそ今、アレントが新たな共感を呼んでいるのではないか。二百年前に死んだ先駆的な女性にも思いを馳せていただきたい。

＊

「親密圏と公共圏を縦横に往き来する女性の知の質量」という力強い言葉は、二年前に上梓した『評伝　スタール夫人』のために樋口陽一先生が書いてくださった「帯」の一部にある。ここから

「スタール夫人 bis」の発想が導かれた。「親密圏と公共圏」を行き来する身体感覚は、男性と女性にとって、おそらく同じではない、という直感的な理解がまずあった。そこで「親密圏と公共圏」という問題構成の原点に立ち返り、十八世紀のサロンを舞台に男女の生活風景を具体的に思い浮かべることにした。

それにしても「親密圏と公共圏」というからには、『革命について』や『人間の条件』などの著作があるハンナ・アレントを参照しないのはマナー違反にちがいない。本腰を入れて読み始めたら、革命を起点とする「近代ヨーロッパ」の文明が、確実に新たな相貌のもとに見えてきた。そして、アレントの名は、かつて『ヨーロッパ文明批判序説』を博士論文として勤め先の大学に提出したときに、蓮實重彦先生が審査員として示唆してくださったものであることに、今更ながら思い至ったのである。

この本を書きながら、スタール夫人とアレントへの深い共感に浸りきることができた。女性の立ち位置から見た世界とは、人類の歴史とは何か、女性にとって「語ること」「書くこと」は何を意味するか。そう自問したときに、女性の手によって書かれた明晰な応答が目前にある――かつて味わったことのない充足感だった。ときおり話し相手になってくれる友人のNさんは、わたしの熱気にふれて「アレントを読む人はスタール夫人を読まない、スタール夫人を読む人はアレントを読まない」と笑っていた。「だからこそ、本を書く」とわたしが心中で応じていることを、もちろん彼女は知っている。

勁草書房の関戸詳子さんは、わたしの構想に耳を傾け、スタール夫人とアレントの組み合わせは理の当然であるかのように涼しい顔をして執筆中の未熟な草稿に目を通し、つねに積極的な助言をしてくださった。それにしてもスタール夫人の知名度は、理不尽なまでに低い。ひとりの女性が政治・文学・哲学・歴史の領域で圧倒的な成果を挙げたことは否定しがたいはずなのに、これほど劇的に忘却の淵に沈むことになったのは、なぜなのか？　その謎に挑むつもりで、次回はナポレオンを書いてみましょうか。

補遺：スタール夫人の言葉（翻訳）

① 公開書簡『パリに集結した君主たちへの呼びかけ——黒人奴隷貿易廃止のために』（一八一四年）

対ナポレオン戦争に勝利してパリ入城を果たしたばかりの君主たちに宛てた公開書簡。校訂版全集には収録されておらず、発表に至る経緯などは不詳だが、背景については本書第5幕の「奴隷貿易の廃止」にかかわる項（特に149～157ページ）および「スイスから世界を見る」の長男オーギュストの活動にかかわるエピソード（168～170ページ）を参照していただきたい。あらためて強調するなら「黒人奴隷貿易廃止」はプロテスタントの宗教組織と対仏大同盟の盟主イギリスが牽引する運動であり、皇帝ナポレオンとの対決で勝敗の鍵を握ったのはロシアだった。スタール夫人の「呼びかけ」は、ウィーン会議での発言権に見合った構成になっている。

　中間航路の悲劇を語る「長い棺桶によって彼らは海上を運ばれてゆく」という表現は、この文書によって人びとの記憶に刻まれた。スタール夫人は、公開書簡をはじめとする一連の活動によりウィーン会議における奴隷貿易廃止の「宣言」（一八一五年二月八日）に貢献する。なお「宣言」に署名したのはイギリス、フランス、オーストリア、ロシア、プロイセン、スウェーデン、ポルトガルの七カ国である。

この四半世紀、英国は激しい危難をかいくぐってきたが、さまざまの危険を口実にして、英国が為しうる善き行いをないがしろにすることはなかった。戦争のさなかにも人類を慮《おもんぱか》り、自国の政治的存在が脅かされている時にさえ一般の幸福に思いを寄せて、黒人奴隷貿易を廃止したのである。それは英国が腐敗した自由の教説に対して死闘を繰り広げていた時期のことである。この道徳的かつ宗教的な目的の為に、英国の内部で対立する党派が一致団結した。ピット氏とフォックス氏が、同じ熱意をもって協力した。キリスト教会の説教師ウィルバーホース氏は、通常であれば自分の個人的な利害に係る者たちにしか例を見ぬような、たゆまぬ努力をこの偉業に投入した。

こうして七年前に行われた黒人奴隷貿易の廃止は、英国植民地の繁栄にいかなる損害ももたらさなかった。黒人たちは必要な労働に見合うだけの子孫を、自分たちで増やすことができたからである。正義の行為が行われるときによくあることだが、この措置がもたらすかもしれぬ数々の不都合について、たえず人心の不安が掻き立てられるということが、その措置が完了するまではつづいたのだった。しかしその措置が完了してしまうと、不都合の主張など、もはや耳にすることもなくなった。結果として商業の金銭的な特典が損なわれることもなく、数え切れぬほどの人間や民の全体が守られたのである。

以来英国は、デンマークと平和条約を結んだときに黒人奴隷貿易の廃止を条文のひとつとした。ポルトガルに対しても同じ条件が課されたが、この国が受け入れたのは、今のところ制限措置のみである。しかるに諸国の君主が一堂に会し、武器により勝ち取った休息を平和により安定させようと試みている今現在、まもなく開かれるであろう厳かな会議に何よりもふさわしいのは、ヨーロッパの勝利を善行によって聖別することではないかと思われる。中世において十字軍に加わる者たちは、聖地に向けて発つときに、帰還に際して果たすべき誓願によって自らを縛ることを忘れなかった。今フランスに集結した君主たちは、ヨーロッパの解放へとお導きくださった恵み深い神に対し、アフリカの幸福を約束していたのではなかったか。

さまざまの政治的課題が議論されることになろうが、これほど大きな宗教的課題について、かりに幾ばくかの時間を割いたとしても、そのことは俗世の諸事にとって無用であったとは言えぬはずである。今後、人びとはこう語るにちがいない。黒人奴隷貿易がヨーロッパ全体によって廃止されたのは、あのパリの和平においてだったのであり、だとすれば、この和平は神聖なものとみなされよう。それというも、このような謝恩の行為を、軍をお守りくださった神に捧げたのちに得た和平なのだから。

人類に圧政を敷いてきた者が失墜したことを記念して、モニュメントを建立しようという提案があると聞く。ここにそのモニュメントがある。建立するためには、たった一つの言葉を発するだけでよい――「ヨーロッパにおける征服という暴政を打倒した諸国の王たちは、黒人奴隷貿易を廃止した」と。

気の毒な黒人たちが故郷から植民地に運ばれてゆくときに経験する苦痛は、定められたとおり奴隷の身となることでむしろ苦痛が和らぐといわれるほどに、苛酷なものである。黒人たちの国で戦争が起きるように仕向けるのは、彼らがお互いを売りとばすことを見込んでいるからにほかならない。アフリカの海岸地方では、あらゆる過失について奴隷として売りとばすという処罰が認められている。このおぞましい貿易に手を染めた黒人の部族長たちは、わざわざ泥酔させて犯罪に走らせることもあり、ともかく手段を選ばず、黒人たちをアメリカに輸出する権利を得ようとする。しばしば魔術などの馬鹿げた嫌疑によって、不運な者たちは生まれ故郷から追われ、野生人のほうが祖国への愛着は文明人より強いのに、遠く離れた土地に永遠に連れ去られる。あるフランス人作家の表現を借りるなら、長い棺桶によって彼らは海上を運ばれてゆくのである。彼らがどのように船に積み込まれるかといえば、かりに死んでしまえばもう少し場所が与えられようというほどのやり方による。かりに屍体になれば、与えられた惨めな床板のうえで、少なくとも背を伸ばすことは出来ようから。

黒人奴隷貿易に反対する演説のなかでピット氏は適切にもこう語っている――「これほどの悪がかつて存在したためしはない。ヨーロッパの最も文明化した諸国の策謀により、毎年八万人が生まれ故郷から引きはがされているという事実より、さらに悪しきものなど想像することもできない」。ピット氏の政治信条がいかなるものであったか、その確固たる意見が対仏同盟の現在の勝利にいかに貢献したかは、よく知られている。その権威は一目置かれて然るべきではないか。しかも英国の三つの権力、すなわち庶民院、貴族院、国王の一致した権威が、当該の事実と原則が真実のものであることを保証したうえで、今、諸国の君主たちに一考を促しているのである。

それにまた忌憚なく語るなら、ヨーロッパは英国に多くを負っている。この四半世紀、英国はしばしば単独で抗戦したのである。いずにおいても英国の兵士と援助によって支えられなかった戦闘はなかったはずである。世界で最も裕福で最も幸福である国民に対し、いかに返礼すればよいのだろう？　一人の戦士であれば、主君が名誉の徴を授ければよい。しかるに一つの国民が全体として一人の戦士のようにふるまったとき、その国民に対し何がなされるべきだろう？　その国民がヨーロッパのすべての政府に対し強く勧める偉大な人道的行為を採択すればよいのである。善行はそれ自体の為になされるべきだろうが、それを推奨するイギリス国民のためにもなされるべきだろう。気高い謝意の証しを彼らに捧げることは正しいと思われる。

人類の弁護士となったウィルバーホース氏は英国において、キリスト教の光をアジアとアフリカにもたらす宣教師たちの組織の長を務めている。そもそも残酷な人間にキリスト教徒を名乗ることなど許されようか？　聖ルイ王とルイ十六世の敬虔な子孫である現フランス国王に、黒人奴隷貿易の廃止に賛同するよう求めることはできないだろうか？　この人道的な行為は、福音を伝えるべき相手の心を説得するためにも役立つはずである。大陸で国民精神を目覚めさせた国であるスペインにも、賛同を求めることはできないだろうか？　大国のように戦ったポルトガルにも、ドイツという帝国の救済を真剣に考えたオーストリアにも、国民と国王があれほど気取りなく英雄的にふるまったプロイセンにも、賛同を求めることができないだろうか？　この偉大な善行をロシア皇帝にも求めようではないか。国外の障害が完全になくなったときにさえ、自らの野心に自分自身で制限を設けた皇帝である。絶対君主でありながら、政治的自由の賢明なる諸原則を創設するために闘った人である。そのような皇帝の戴く冠は、あらゆる種類の栄光に飾られている。ロシア皇帝はアジアの辺境において文明化の度合いもさまざまな民を統治している。皇帝はすべての宗教を認め、あらゆる習慣を許している。その手に握られた笏《しゃく》は法のように公正なのである。アジアとヨーロッパが共にアレクサンドルの名を祝福しているのだが、さらにまたアフリカの野性の岸辺において、この名が轟かんことを！　地上のいかなる国も正義に値せぬということはないはずである。

② ウィリアム・ウィルバーホース宛ての私信（パリ、一八一四年十一月四日）

フランスの新政権がウィーン会議において奴隷貿易廃止に同意することが明らかになった時点での、祝意を述べた手紙である。ウィルバーホースは一八〇七年、イギリスが廃止に踏み切った年に『奴隷貿易廃止についての書簡』を公表していたが（本書155ページ）、一八一四年にそのフランス語訳が出て、序文をスタール夫人が執筆した。運動に深くかかわってきたコペの思想グループのひとりシスモンディも、この年にロンドンでパンフレットを刊行する。さらに十月、ウィルバーホースは『奴隷貿易に関するタレイラン＝ペリゴール公閣下宛ての書簡』を発表、ウィーン会議のフランス全権代表を名指したうえで、貴国において先祖代々の王政が復活したこの年が、アフリカの人びとの復権の年となることを祈念すると高らかに呼びかけた。

スタール夫人がウィーン会議における交渉の進捗について情報を得ていたことは、関係者に宛てた書簡からも推察される。いくつか補足しておくなら、周知のようにウェリントンはワーテルローの戦場でナポレオンに勝利した将軍であり、ウィーン会議の「宣言」にもイギリス代表として署名した。またスタール夫人の愛娘アルベルティーヌは、この年、ウィルバーホースの『奴隷貿易廃止についての書簡』のフランス語訳にかかわった。母と娘への謝意という意味合いで、美しい「金のペン」が贈られたものだろう。

この度の勝利を、どれほど幸福にお感じになることでございましょう。必ずや勝利を収められるにちがいない。人類のためのこの偉大な闘いにおいて、勝者となるのは貴方様とウェリントン卿でございます。貴方様のお名前とたゆまぬご努力がすべてを成し遂げたということを、ゆめお疑いになりませんように。一般的に言って、理念が成就するのは自然とそうなるか、さもなくば時の働きによるものでしょうけれど、今回にかぎっては、貴方様が諸世紀を先導なさったのでございます。貴国の英雄であるウェリントン卿に、善行をなさんとする情熱を、それこそ戦場での勝利への情熱に匹敵するほどにたっぷりと、貴方様は注ぎこまれたのであり、そのウェリントン卿への王家の信頼が篤いことが幸いし、ようやくにしてあの人たち、あの気の毒な黒人たちに手が差し伸べられました。

貴方様がお書きくださったお手紙により、シスモンディは市民の桂冠を授けられたかのようでございます。愛しい娘は貴方様から頂戴した金のペンを、神に召されたときの持参金にいたしましょう。ともあれ貴方様のおかげで、美徳とは無縁であるかのように思われた世代が、美徳を求める気持を抱くようになりました。ご自分の成し遂げたことを、どうぞお悦びくださいませ。これほどに穢れなき栄光が一人の人間に与えられたことはかつてないのでございます。

真心をこめて御前に跪きつつ

N. ド・スタール

③ トマス・ジェファソン宛ての私信（パリ、一八一七年二月十二日）

「建国の父」であり第三代アメリカ大統領となるジェファソンは、ネッケルが大臣の職にあったときの駐仏大使、スタール夫人が親しく交わったガヴァヌア・モリスの上司に当たる。若きスタール夫人はジェファソンの人柄と思想に触れ、変わらぬ敬意を捧げるようになる。「革命論」の最後のページにも、ラ・ファイエット、ウィルバーホースに先立って、この人の名が掲げられていたことを思いおこしていただきたい（本書167ページ）。

ナポレオンの百日天下を経たフランスでは「ユルトラ」と呼ばれる過激な王党派が議会に躍進し、白色テロが吹き荒れた。国民は新旧勢力の対立抗争に翻弄されており、手紙には深刻な憂慮が率直に語られている。専横をきわめる「特権身分」の生き残りと自己中心的な新興ブルジョワジーである「ボナパルティスト」たちの双方に、スタール夫人の批判は向けられる。長男オーギュストは一八一五年から「アメリカの夢」を温めていた。母宛ての手紙に、自分はナポレオンの支配下でもブルボンの支配下でも暮らしたくないし、なにしろネッケルは孫の一人はアメリカに定住してほしいと願っていたのだから、こうなったら新大陸に「ネッケル・タウン」を作ってみせる、と冗談めかして書いたこともある。ジェファソンの国で政治を学ぶというネッケル家三代の希望はついに実現しなかった。

一八一七年二月十二日の日付をもつ書簡を、スタール夫人の辞世の言葉として読んでみよう。フランス大使としてパリに駐在していたウェリントンに対し、体調がよくないので訪問は二日後にしてほしいという短い連絡を書いたのは、おそらく二月二十日、発作で倒れるのはその翌日。頭脳は明晰だったが麻痺のため寝たきりになり、七月十四日に死去。

親愛なる閣下、貴方様から頂戴するお手紙が、どれほどの感動をわたくしにもたらすか、筆舌に尽くせぬほどでございます。高みから発された清らかな声が、本当にあの世から響いてくるように感じられます。しばしば理由《わけ》もなく涙があふれでてくるのは、貴方様が身の回りに投げかけておられる啓蒙の光から、われらの哀れなフランスが、こんなにも遠のいてしまったからであり、ただそれだけのことによるのでしょう。二十七年に及ぶ努力がもたらしたのは暴政と征服でしかないこの国で、わたくしたちは、ついに自由になることが出来るのでしょうか？　とはいえ、この夥しい民の胸中には、これまでの苦しみの成果を摘み取りたいという願望があり、漠然とした自由の理念がすべての人の頭上に翼を広げているようにも思われます。それにしてもわが国の特権身分の者たちは性懲りもない。正統性という言葉は過去のすべてを正当化すると考えており、一つの国において経過した時間が何を意味するかさえ理解せず、経過した時間そのものが簒奪者であったといわんばかりです。この国の現状がどのようなものであるか、貴国から派遣された大使は誠に明敏な人物でありますゆえ、余人の及ばぬ立派な報告がそちらに届いていることと存じます。わたくし自身は、希望と絶望のあいだを行ったり来たりしております。ときには事態の成り行きがわたくしたちの期待に添うように思われることもありますが、ときには人びとがその成り行きに闘いを挑んでいるように思われて、そこに込められる力の凄まじさときたら、自らの特権への抗しがたい愛着が、まるで世代から世代へと継承されてゆくかのようなのです。貴方様のお国には、過去というものがない、それは大いなる利点と申せましょう。ただし、わたくしたちが以前に享受しておりました人文の精華とソシエテの善き趣味のようなものを、これから貴国に根づかせるのは、おそらく容易ではありますまい。じつのところ、そうしたものさえ昨今では見失われ、わたくしたちは他のことと一緒にエスプリまで放棄してしまうのではないかと危惧しております。近いうちにわたくしの作品が公表されますので、お目通しいただければ幸いでございます。表題は『フランス革命の主要な出来事についての考察』というもの。刊行は今年の末になりましょう。貴方様のお名前が、そのお名前によって呼び覚まされるわたくしの感情とともに、そこに見出されるはずでございます。そして、わたくしのもう一つの作品である息子につきましても、何卒ご厚誼を賜りますよう。息子の出発は今度の春の予定でございます。貴方様にフランスについてお話することにかけては、息子の右に出る者はいるまいと存じます。本当にエスプリもあり、頭のよい子でございます。ただし、あの子がこの国で将来何をやれるかわからない、それでいて、あの子は他の国を好きになりそうもありません。祖国を追われた者たち万人を受け入れる亡命の地である貴国のあり方について、せっかく貴方様が見事に語ってくださいましたのに。正直に申しますと、わたくしが決して好きになれぬ者たちがいるとすれば、それは純粋なボナパルティストたちでございます。オピニオンというものを認めず、すべてを利害で考える、あの巨大なエゴイストがフランスにもたらした悪は計り知れません。ラ・ファイエット侯爵にはしばしばお会いしますが、人生の重みにもかかわらず、お変わりありません。さながら人類の聖人のお一人であられるかのように、貴方様のお名前を皆で口に致しております。

ド・ブロイ夫妻も心からの敬意を貴方様に捧げておりまして、どうやら一族郎党が、貴方様のわたくしに対するご厚情を誇りにしているようなのでございます。

ネッケル・ド・スタール　H.

人名索引

あ 行

アレクサンドル1世／ロシア皇帝 (Aleksandr I)　142, 147, 157, 190, *xiv*
アレント，ハンナ（Arendt, Hannah） iv, v, x-xiv, 56, 57, 75, 86, 88, 96, 129, 136, 157, 161, 163, 164, 175-184
安藤隆穂　vi
ヴィーラント，クリストフ・マルティン (Wieland, Christoph Martin) 123, *xvii*
ウィルバーホース，ウィリアム (Wilberforce, William)　154, 155, 167, 186, 189, 190, 191, 193
ウェリントン（Wellington, Arthur Wellesley, lord）　142, 157, 191-193
ヴェルジェンヌ，シャルル・グラヴィエ・ド（Vergennes, Charles Gravier, comte de）　58
ヴォルテール（Voltaire）　25, 26, 28, 30, 32, 36, 37, 41, 42, *xviii*
ウルフ，ヴァージニア（Woolf, Virginia）　132
エカテリーナ2世（Yekaterina II） 39
エルヴェシウス，クロード＝アドリアン（Helvétius, Claude-Adrien） 32, 33
エルヴェシウス夫人（Helvétius, Anne-Catherine de Ligniville, Madame）　33, 60
オースティン，ジェイン（Austen, Jane）　132
オルレアン公，ルイ・フィリップ (Orléans, Louis Philippe, duc d') 66

か 行

カント，イマヌエル（Kant, Immanuel） 16, 138
ギゾー，フランソワ（Guizot, François） 52, 83
ギボン，エドワード（Gibbon, Edward） 17, 26
クーザン，ヴィクトル（Cousin, Victor） 138
グージュ，オランプ・ド（Gouges, Olympe de）　100
クライスト，ハインリヒ・フォン (Kleist, Heinrich von)　145, 146
グリム，フリードリヒ・メルヒオール (Grimm, Friedrich Melchior)　41
ペトレ＝グルヌイヨー，オリヴィエ (Pétré-Grenouilleau, Olivier)　150
グレイ，ジェイン（Grey, Jane）　146, 171, *xiv*
グレゴワール神父，アンリ・ジャン＝バティスト（Grégoire, Henri Jean-Baptiste, abbé）　150
ゲーテ，ヨハン・ヴォルフガング・フォン（Goethe, Johann Wolfgang von） 16, 122, 123, 179, *xvii*
ゴーシェ，マルセル（Gauchet, Marcel） vi, 24, 46
ゴデショ，ジャック（Godechot, Jacques）　vi, 158, 171
ゴドウィン，ウィリアム（Godwin, William）　112

コンスタン，バンジャマン（Constant, Benjamin）　v-viii, xiv, 12, 15-17, 29, 74, 81, 88-94, 96-98, 102, 112, 114, 115, 135, 138, 161, 162, 168, 172, 173, *xv-xviii*
コンドルセ，ニコラ・ド（Condorcet, Nicolas, marquis de）　76, 100, 112, 150, 154
コンドルセ夫人，ソフィー（Condorcet, Sophie Marie Louise de Grouchy, Madame de）　44, 100

さ　行

サヴァリ将軍→ロヴィゴ公爵
サイード，エドワード（Said, Edward W.）　150
サント＝ブーヴ，シャルル・オーギュスタン（Saint-Beuve, Charles Augustin）　35, 88, 89, 130, 135, 139
ジェファソン，トマス（Jefferson, Thomas）　60, 61, 63, 70, 76, 142, 157, 158, 166-168, 192, 193
シェルシェール，ヴィクトル（Schœlcher, Victor）　150
シスモンディ（Sismondi, Jean-Charles-Léonard Simonde de）　135, 136, 168, 191, 192, *xvii, xviii*
シャトーブリアン，フランソワ・ルネ・ド（Chateaubriand, François René de）　xiii, 110, 111, 113, 127, 153, *xvi-xviii*
ジャンリス夫人（Genlis, Stéphanie Félicité, comtesse de）　28, 44
シュアール，ジャン＝バティスト（Suard, Jean-Baptiste）　18, 27, 38, 40, 41, 77, 91
シュアール夫人（Suard, Amélie）　38, 40, 41, 91
シュミット，ネリ（Schmidt, Nelly）　150
シュレーゲル，アウグスト・ヴィルヘルム（Schlegel, August Wilhelm von）　16, 123, 135, 136, 147, 158, 179, *xvii-xix*
小ピット→ピット，ウィリアム
ジョーム，リュシアン（Jaume, Lucien）　vi, xiii, 138, 146
ジョフラン夫人（Geoffrin, Marie Thérèse, Madame）　25, 26, 32-40, 46, 47
ショワズル公爵（Choiseul, Étienne-François, duc de）　46
シラー，フリードリヒ・フォン（Schiller, Friedrich von）　123, *xvii*
スタール，アルベール・ド（Staël-Holstein, Albert de）　90, 149, *xiv, xix*
スタール，アルベルティーヌ・ド／ド・ブロイ公爵夫人（Staël-Holstein, Albertine de, duchesse de Broglie）　90, 144, 148, 151, 158, 170, 191, 196, *xvi, xx*
スタール，ルイ＝オーギュスト・ド（Staël-Holstein, Louis-Auguste, baron de）　90, 149, 151, 156-158, 165, 168-170, 185, 193, *xiv, xx*
スタール男爵，エリック＝マグヌス・ド（Staël-Holstein, Eric-Magnus, baron de）　xii, 29, 48, 49, 66, 90, *xiii, xvii*
スミス，アダム（Smith, Adam）　100, 135
ソシュール，オラス＝ベネディクト・ド（Saussure, Horace-Bénédict de）　132

た 行

ダランベール, ジャン・ル・ロン (Alembert, Jean Le Rond d') 36, 37, 40, 41
タリアン夫人 (Tallien, Thérésa Cabarrus, Madame) 82, 87, 99, 100
タレイラン, シャルル・モーリス・ド (Talleyrand-Périgord, Charles Maurice de) 35, 52, 65-67, 70, 97, 101, 144, 191, *xvi*
チャーチル, ウィンストン (Churchill, Winston) 173
テュルゴ, アンヌ・ロベール・ジャック (Turgot, Anne Robert Jacques) 3, 76, 112
ディドロ, ドゥニ (Diderot, Denis) 33, 41, 150, 151
ティボドー, アントワーヌ = クレール (Thibaudeau, Antoine-Claire) 96-98, 101, 110
デピネ夫人 (Epinay, Louise, Madame d') 25, 40
デファン夫人 (Deffand, Marie de Vichy-Chamrond, marquise du) 25
デフォー, ダニエル (Defoe, Daniel) 153
デュラス公爵夫人 (Duras, Claire, duchesse de) 153
トゥサン・ルヴェルチュール (Toussaint Louverture, François-Dominique) 153, 154
ド・ブロイ公爵, ヴィクトル (Broglie, Victor François, duc de) 151, 158, 170, 196
ドルバック男爵 (Holbach, Paul-Henri Thiry, baron d') 33

な 行

ナポレオン1世 → ボナパルト
ナルボンヌ伯爵, ルイ・ド (Narbonne, Louis, comte de) 90, 91, 114, 115, 128, *xiii*, *xiv*
ネッケル, ジャック (Necker, Jacques) v, vi, viii, xii, xiii, 2, 3, 5, 7, 10,12, 13, 15, 17-24, 34, 40, 41, 44, 45-48, 50, 53, 61, 63, 66, 68-70, 76-80, 92, 123, 132, 135, 149, 151, 152, 155, 159, 160, 168, 170, 171, 192, 193, *xiii*, *xiv*, *xvii*, *xix*
ネッケル, シュザンヌ (Necker, Suzanne Curchod) 2, 7, 10-13, 15, 17-19, 22, 33, 34, 40, 41, 46, 47, 76, 77, 91, 117, *xv*
ネッケル・ド・ソシュール夫人 (Necker de Saussure, Albertine, Madame) 134
ネッケル, ルイ (Necker; Louis) 171, 173

は 行

バーク, エドマンド (Burke, Edmund) 7, 17, 77-80, *xiv*
バーネイ, フランシス (Burney, Francis) 116
ハーバーマス, ユルゲン (Habermas, Jürgen) ix, x
バチコ, ブロニスラフ (Baczko, Bronislaw) vi
ハミルトン, アレクサンダー (Hamilton, Alexander) 61
バラス, ポール (Barras, Paul) 96, 97, 102, *ix*
バルザック, オノレ・ド (Balzac, Honoré de) 114
ピット, ウィリアム (小ピット) (Pitt, William, the Younger) 6, 7, 70,

80, 186, 188, 189, *xv*
ヒトラー, アドルフ（Hitler, Adolf） 178
ヒューム, デイヴィッド（Hume, David） 18, 137
ファルンハーゲン, ラーエル（Varnhagen, Rahel Levin） 177-181
フィヒテ, ヨハン・ゴットリープ（Fichte, Johann Gottlieb） 137
フォックス, チャールズ・ジェイムズ（Fox, Charles James） 7, 186, *xv*
フォンターヌ・ルイ・ド（Fontanes, Louis de） 109, 110, 111, 113
フュマロリ, マルク（Fumaroli, Marc） 13
フラオ伯爵夫人（Flahaut, Adélaïde Filleul, comtesse de） 44, 64-69
フランクリン, ベンジャミン（Franklin, Benjamin） 57-61, 63, *xiii*
プルースト, マルセル（Proust, Marcel） 27, 29, 34, 81, 151
フローベール, ギュスターヴ（Flaubert, Gustave） 52, 134
フンボルト, ヴィルヘルム・フォン（Humboldt, Wilhelm von） 123, 136, 179, *xvii*
ペイン, トマス（Paine, Thomas） 5
ベーコン, フランシス（Bacon, Francis） 137
ペスタロッチ, ヨハン・ハインリヒ（Pestalozz, Johann Heinrich） 138
ベニシュー, ポール（Bénichou, Paul） 138, 139, 146
ベルナドット, ジャン＝バティスト／スウェーデン王太子（Bernadotte, Jean-Baptiste） 142, 147, 148, 157, *xix*
ボーマルシェ（Beaumarchais） 30, 36, 57, 58
ボナパルト, ジョゼフ（Bonaparte, Joseph） 153, 154
ボナパルト, ナポレオン（Bonaparte, Napoléon） vi, xii, xiii, 22, 35, 55, 61, 63, 74, 75, 85, 86, 96, 99, 100-103, 106-111, 113, 118, 120, 121, 130, 135-137, 143, 144, 147, 148, 151, 153-155, 160, 164, 166, 170, 175, 179, 184, 185, 191, 193, *xiv-xx*
ポニャトフスキ, スタニスワフ・アウグスト／ポーランド国王（Poniatowski, Stanisław August） 39

ま　行

マディソン, ジェイムズ（Madison, James ） 61
マリー＝アントワネット（Marie-Antoinette） 30, 79, *xv*
ミシュレ, ジュール（Michelet, Jules） 44
メアリー１世／イングランド女王（Mary I） 146, 171
メステル, アンリ（Meister, Jacques-Henri） 41, 77
メッテルニヒ, クレメンス・フォン（Metternich, Klemens von） 142, 157
モリエール（Molière） 64
モリス, ガヴァヌア（Morris, Gouverneur） 35, 44, 60-71, 77, 80, 87, 89, 193, *xiii, xiv*
モルパ伯爵（Maurepas, Jean-Frédéric Phélypeaux, comte de） 46
モルレ神父（Morellet, André, abbé） 33, 40

モンテーニュ, ミシェル・ド (Montaigne, Michel Eyquem de) 150
モンテスキュー, シャルル・ド (Montesquieu, Charles-Louis de) 22, 150

や 行

ユゴー, ヴィクトル (Hugo, Victor) 52, 153

ら 行

ラ・ヴァリエール公爵夫人 (La Vallière, Anne-Julie de Crussol, duchesse de) 47
ラ・ファイエット (La Fayette, Gilbert du Motier, marquis de) v, 58, 62, 70, 154, 167, 193, 195
ラ・フェルテ＝アンボー夫人 (La Ferté-Imbault, Marie-Thérèse, Madame de) 32, 46
ラクルテル, シャルル (Lacretelle, Charles de) 82-84, 86, 87, 92, 94, 95, 98, 99
ランダル, フランシス/通称ファニー (Randall, Francis, dite Fanny) 17, 145, 147
リチャードソン, サミュエル (Richardson, Samuel) 116, 137
リルティ, アントワーヌ (Lilti, Antoine) 28, 29, 32, 40, 45, 47, 52, 58, 62, 69
ルイ 14 世 (Louis XIV) 30, 107
ルイ 16 世 (Louis XVI) v, 3, 22, 30, 44, 46, 57, 66, 68, 76, 78, 170, 189, *xiii*, *xiv*
ルイ 18 世 (Louis XVIII) 148, 160, *xix*
ルソー, ジャン＝ジャック (Rousseau, Jean-Jacques) 32, 40, 76, 77, 89, 112, 117, 170, *xiii*
レスピナス嬢 (Lespinasse, Julie, Mademoiselle de) 25
レナール神父 (Raynal, Guillaume-Thomas, abbé) 150, 151
ロヴィゴ公爵 (Rovigo, Jean Marie René Savary, duc de) 143, 144, *xix*
ロカ, ジョン (Rocca, Albert-Michel-Jean, dit John) 90, 91, 147, 149, *xix*, *xx*
ロザンヴァロン, ピエール (Rosanvallon, Pierre) vi, 21, 78
ロストプチン総督 (Rostopchin, Fyodor) 147
ロック, ジョン (Locke, John) 137
ロベスピエール (Robespierre, Maximilien) 74, 78-81, 83, 84, 94-96, 99, 161, 162, 164, *xv*
ロラン夫人 (Roland, Jeanne Marie Phlipon, Madame) 44

わ 行

ワシントン, ジョージ (Washington, George) 44, 60, 61, 67, 69, 70, 103, 104, 166, *xiii*

参考文献

＊　出典はスタール夫人とハンナ・アレントの主要文献にかぎり文中で括弧内にページ数を記す．例外的に参照頻度の高い『フランス革命についての考察』については，括弧内にCRと付記．
＊　引用のマークとの混同を避けるため，雑誌名や論文表題なども二重括弧で表記する．

欧語文献（著書など）

Bénichou, Paul. *Romantisme français, I-II*, Gallimard, Quarto, 2004.
Bredin, Jean-Denis. *Une singulière famille, Jacques Necker, Suzanne Necker et Germaine de Staël*, Fayard, 1999.
Brookhiser, Richard. *Gentleman Revolutionary, Gouverneur Morris, The Rake Who Wrote the Constitution*, Free Press, 2003.
Burnand, Léonard. *Necker et l'opinion publique*, Honoré Champion, 2004.
Chateaubriand, François-René de. *Essai sur les révolutions, Génie du christianisme*, Texte établi, présenté et annoté par Maurice Regard, Gallimard, Bibliothèque de la Pléiade, 1978.
――. *Mémoires d'outre-tombe, I-IV*, Nouvelle édition établie, présentée et annotée par Jean-Claude Berchet, Librairie Générale Française, 1989-1998.
Constant, Benjamin. *Œuvres*, Texte présenté et annoté par Alfred Roulin, Edition de Gallimard, Bibliothèque de la Pléiade, 1957.
――. « Des effets de la terreur », *De la force du gouvernement actuel de la France et de la nécessité de s'y rallier*, Editions Flammarion, 2013.
Fiechter, Jean-Jacques. *Un diplomate américain sous la Terreur, Les années européennes de Gouvernueur Morris 1789-1798*, Fayard, 1983.
Fumaroli, Marc. *Quand l'Europe parlait français*, Editions de Fallois,

Livre de poche, 2001.

Jaume, Lucien. *L'Individu effacé ou le paradoxe du libéralisme français*, Fayard, 1997.

——. *Qu'est-ce que l'esprit européen,* Flammarion, 2010.

Lacretelle, Charles de. *Dix années d'épreuves pendant la Révolution, Mémoires*, Introduction et notes d'Eric Barrault, Editions Tallandier, 2011.

Las Cases, Emmanuel de. *Mémorial de Sainte-Hélène, I-II*, Préface de Jean Tulard, Présentation et notes de Joël Schmidt, Editions du Seuil, 1968.

Lentz, Thierry. *Le Grand Consulat, 1799-1804*, Fayard, 1999.

Lilti, Antoine. *Le monde des salons, Sociabilité et mondanité à Paris au XVIIIe siècle*, Fayard, 2005.

Morris, Gouverneur. *The Diary and Letters of Gouverneur Morris, Minister of the United States to France; Member of the Constitutional Convention, etc.* Edited by Anne Cary Morris, *vol. 1*, New York, Charles Scribner's Sons, 1888. http://oll.libertyfund.org/titles/morris-the-diary-and-letters-of-gouverneur-morris-vol-1

——. *Journal de Gouverneur Morris (1789-1792), Ministre plénipotentiaire des Etats-Unis en France*, Edition établie par Anne Cary-Morris, traduit de l'anglais par Ernest Pariset, Texte présenté et annoté par Antoine de Baecque, Mercure de France, 2002.

Necker, Suzanne. *Mélanges extraits des manuscrits de Madame Necker*, Paris, Ch. Pougens, 1798.

Pétré-Grenouilleau, Olivier. *Les traites négrières, Essai d'histoire globale*, Editions Gallimard, 2004.

Rosanvallon, Pierre. *Société des égaux*, Editions du Seuil, 2011.

——. *Le bon gouvernement*, Editions du Seuil, 2015.

Sainte-Beuve. *Nouveaux Portraits et critiques littéraires*, tome 3, Hauman, Cattoir et Ce, 1836.

——. *Chateaubriand et son groupe littéraire sous l'Empire*, vol. 2, Garnier, 1861.

Schmidt, Nelly. *Abolitionnistes de l'esclavage et réformateurs des colonies, 1820-1851, Analyse et documents*, Karthala, 2000.

——. *L'abolition de l'esclavage, Cinq siècles de combats, XVIe-XXe siècle*, Fayard, 2005.

Staël, Germaine de. *Considérations sur la Révolution française*, Présenté et annoté par Jacques Godechot, Tallandier, 1983.

——. *Considérations sur les principaux événements de la Révolution française*, Sous la direction de Licia Omacini, Volume 1, 2. Honoré Champion, 2017.

——. *Corinne ou l'Italie*, Edition de Simone Balayé, Gallimard, folio classique, 1985.

——. *Correspondance générale, tome I-tome IX*, Champion-Slatkine, 2017.

——. *De la Littérature*, Présentation par Gérard Gengembre et Jean Goldzink, GF Flammarion, 1991.

——. *De l'Allemagne, I-II*, Chronologie et introduction par Simone Blayé, GF Flammarion, 1968.

——. *Delphine, I-II*, Présentation par Béatrice Didier, GF Flammarion, 2000.

——. *Dix années d'exil*, Edition critique par Simone Balayé et Mariella Vianello Bonifacio, Fayard, 1996.

——. *Lettres sur Rousseau, De l'influence des passions et autres essais moraux*, sous la direction de F. Lotterie, Honoré Champion, Paris, 2008.

——. *Mémoires de Madame de Staël (Dix Années d'Exil)*, Ouvrage posthume publié en 1818 par M. Le duc de Broglie et M. Le baron de Staël, Nouvelle Edition précédée d'une *Notice sur la vie et les ouvrages de Madame de Staël* par Mme Necker de Saussure, Charpentier Libraire-Editeur, 1861

——. *Réflexions sur le suicide, Œuvres complètes, série 1, Œuvres critiques, tome 1, Lettres sur Rousseau, De l'influence des passions et autres essais moraux*, sous la direction de F. Lotterie, Honoré Champion, Paris, 2008.

——. *Trois nouvelles*, Editions Gallimard, folio, 2009.

Thibaudeau, Antoine-Claire. *Mémoires sur la Convention et le Directoire, Tome 1 – Convention*, Baudouin Frères, Libraires, 1824.

Waresquiel, Emmanuel de. *Talleyrand, le prince immobile*, Fayard,

2003.

その他の欧語文献（論文集など）

Coppet, Creuset de l'esprit libéral, Les idées politiques et constitutionnelles du groupe de Madame de Staël, Sous la direction de Lucien Jaume, Presses Universitaires d'Aix-Marseille, 2000.

Germaine de Staël et Benjamin Constant, l'esprit de liberté, Sous la direction de Léonard Burnand, Stéphanie Genand et Catriona Seth, Perrin, Fondation Martin Bodmer, 2017.

邦語文献

青木康『議員が選挙区を選ぶ── 18 世紀イギリスの議会政治』山川出版社, 1997 年.

アーレント，ハンナ『全体主義の起源 3──全体主義』大久保和郎・大島かおり訳，みすず書房，1974 年.

──『ラーエル・ファルンハーゲン──ドイツ・ロマン派のあるユダヤ女性の伝記』大島かおり訳，みすず書房，1999 年. Hannah Arendt, *Rahel Varnhagen, The Life of a Jewess*, First complete edtion, edited by Liliane Weissberg, translated by Richard and Clara Winston, The Johns Hopkins University Press, 1997.

──『革命について』志水速雄訳，ちくま学芸文庫，1995 年. Hannah Arendt, *On Revolution*, Introduction by Jonathan Schell, Penguin Classics, 2006.

──『人間の条件』志水速雄訳，ちくま学芸文庫，2007 年. Hannah Arendt, *The Human Condition*, With an Introduction by Margaret Canovan, Second Edition, 1998.

──『エルサレムのアイヒマン──悪の陳腐さについての報告』新版，大久保和郎訳，みすず書房，2017 年.

伊東孝之・井内敏夫・中井和夫編『ポーランド・ウクライナ・バルト史』「世界各国史 20」山川出版社，1998 年.

川北稔編『イギリス史』「世界各国史 11」山川出版社，1998 年.

紀平英作編『アメリカ史』「世界各国史 24」山川出版社，1999 年.

工藤庸子『近代ヨーロッパ宗教文化論──姦通小説・ナポレオン法典・政教分離』東京大出版会，2013 年.

――『評伝 スタール夫人と近代ヨーロッパ――フランス革命とナポレオン独裁を生きぬいた自由主義の母』東京大出版会，2016 年.
ゴデショ，ジャック『フランス革命年代記』瓜生洋一・新倉修・長谷川光一・山崎耕一・横山謙一訳，日本評論社，1989 年.
コンスタン，バンジャマン『バンジャマン・コンスタン日記』高藤冬武訳，九州大学出版会，2011 年.
ジェファソン，トーマス『ヴァジニア覚え書』中屋健一訳，岩波文庫，1972 年.
鈴木康司『闘うフィガロ――ボーマルシェ一代記』大修館書店，1997 年.
永見瑞木『コンドルセと〈光〉の世紀――科学から政治へ』白水社，2018 年.
バーク，エドマンド『フランス革命の省察』半澤孝麿訳，みすず書房，1978 年.
浜忠雄『カリブからの問い――ハイチ革命と近代世界』岩波書店，2003 年.
福井憲彦編『フランス史』「世界各国史 12」山川出版社，2001 年.
フュレ，フランソワ／オズーフ，モナ『フランス革命事典』河野健二・坂上孝・富永茂樹監訳，みすず書房，全 7 巻，1998-2000 年.
ベルト，ジャン=ポール『ナポレオン年代記』瓜生洋一・新倉修・長谷川光一・松嶌明男・横山謙一訳，日本評論社，2001 年.

図版出典一覧

図1－1　Jean-Denis Bredin, *Une singulière famille, Jacques Necker, Suzanne Necker et Germaine de Staël*, Librairie Arthème Fayard, 1999. 図版ページ.

図1－2　©Photo National Portrait Gallery.

図1－3　Remney Sedwick, *The house of Commons 1715-1754*, Vol. 1, HMSO, 1970. 図版ページ.

図1－4　*Germaine de Staël et Benjamin Constant, l'esprit de liberté*, Sous la direction de Léonard Burnand, Stéphanie Genand et Catriona Seth, Perrin, Fondation Martin Bodmer, 2017, p. 45. ©Collection du Château de Coppet/Photo Naomi Wenger.

図1－5　*Ibid.*, p. 29. ©Collection du Château de Coppet/Photo Naomi Wenger.

図1－6　*Ibid.*, p. 46. ©Collection du Château de Coppet/Photo Naomi Wenger.

図1－7　Léonard Burnand, *Necker et l'opinion publique*, Honoré Champion, 2004. Bibliothèque publique et universitaire de Genève, Collections iconographiques.

図1－8　http://www.wga.hu/frames-e.html?/html/l/lemonnie/geoffrin.html

図1－9　©Photo Musée du Louvre, Dist. RMN-Grand Palais / Pierre Philibert / distributed by AMF.

図2－1　Bredin, *Une singulière famille*, 図版ページ. ©Collection du Château de Coppet/Photo Naomi Wenger.

図2－2　https://commons.wikimedia.org/wiki/File:BenFranklinDuplessis.jpg

図2－3　Richard Brookhiser, *Gentleman Revolutionary, Gouverneur Morris—The Rake Who Wrote the Constitution,* Free Press, 2003. 図

版ページ．肖像画：The Emmet Collection, Miriam and Irq D. Wallach Division of Art, 義 足：Collection of The New-York Historical Society.

図2－4 *Ibid.*, 図版ページ．Bibliothèque Nationale.

図4－1 村田京子「絵画・彫像で読み解く『コリンヌ』の物語」『女性学講演会 第1部「文学とジェンダー」』（18）2015年3月，p. 33.

図4－2 *Germaine de Staël et Benjamin Constant, l'esprit de liberté,* p.8. ©Collection du Château de Coppet/Photo Naomi Wenger.

図5－1 *La Révolution française et l'abolition de l'esclavage*. Textes et documents, 1969.

図5－2 *Germaine de Staël et Benjamin Constant, l'esprit de liberté*, p.108. ©Collection du Château de Coppet/Photo Naomi Wenger.

図5－3 *Ibid.*, p.196. ©Bibliothèque de Genève.

図5－4 *Ibid.*, p.120. ©Institut Benjamin Constant, université de Lausanne/Photo Laurent Dubois.

年　譜

1766年（0歳）	4月22日，アンヌ=ルイーズ=ジェルメーヌ・ネッケル，パリで生まれる．両親はプロテスタントの家系で一人娘．父はジュネーヴ出身の銀行家．教育熱心な母親のもとでギリシア語・ラテン語をふくめ最高水準のリベラル・アーツを学ぶ．10歳にならぬうちから母のサロンで著名な思想家たちと交わり，神童ぶりを発揮したと伝えられる．
1776年（10歳）	4月中旬～6月初旬，ジェルメーヌ，両親とともにロンドンに旅行し，英国下院の議場を見学．7月4日「アメリカ独立宣言」採択．10月，父ジャック・ネッケル，ルイ16世により「国庫長官」に任命される．アメリカの使節として派遣されたベンジャミン・フランクリンが，独立戦争への支援を求め，パリのサロンを拠点に外交活動を開始．
1778年（12歳）	米仏の両国，同盟条約に調印．
1781年（15歳）	ネッケル，2月に『国王への財政報告書』を公表，史上初の「情報公開」により世論の圧倒的な支持を得るが，宮廷の守旧派と対立，5月19日に辞職．
1784年（18歳）	ネッケル，スイスのレマン湖畔にあるコペの城館を購入．
1786年（20歳）	1月，ジェルメーヌ，スウェーデン大使エリック=マグヌス・ド・スタール男爵と結婚．ヴェルサイユの宮廷に出仕．
1787年（21歳）	7月，女児を出産（2年足らずで死去）．
1788年（22歳）	8月，ネッケル「財務総監」に復帰．この頃，スタール夫人はルイ・ド・ナルボンヌ伯爵と知り合う．11月，ネッケル夫人のサロンで朗読されたスタール夫人の『ジャン=ジャック・ルソーの著作と性格についての書簡』（『ルソー論』）が20部ほど印刷される．まもなく多数の海賊版が出回って評判になり，作家デビューを果たす．
1789年（23歳）	ジョージ・ワシントンに派遣されたガヴァヌア・モリスが年頭に到着，スタール夫人のサロンの常連となり，貴重な『日記』を残す．5月にヴェルサイユで開催された「三部会」は6月に「国民議会」を名乗り，7月9日「憲法制定議会」となることを宣言．事態の進展に恐れをなした特権

身分の圧力により，国王は7月11日，改革派のネッケルを罷免．7月14日，バスティーユ襲撃．**国外に脱出していたネッケルに職務復帰の命令が届き，7月30日，スタール夫人は父とともにパリ市庁舎に帰還する．群衆の熱狂に迎えられ，歓喜のあまり失神．**10月5～6日，「女たちのヴェルサイユ行進」と呼ばれる示威行動が起き，国王夫妻は強制的にパリに帰還．

1790年（24歳）　**8月31日，男児オーギュストを出産（父親はナルボンヌ）．ネッケル，議会と政策面で対立し，9月3日，辞職してスイスに戻る．以後，ネッケルは政治思想家として執筆に専念するが，父と娘の親密な知的交流は生涯つづく．スタール夫人はスイスとパリを往復する生活．10月，戯曲『ソフィー』『ジェイン・グレイ』をごく少数刊行．**年末，エドマンド・バークの『フランス革命の省察』刊行．モリスの『日記』には「革命は失敗した」との記述．ジャコバン急進化の兆し．

1791年（25歳）　6月，国王一家のヴァレンヌ逃亡事件．王権の凋落は覆うべくもない．9月「1791年憲法」が成立するが祝賀ムードはない．**スタール夫人のサロンは穏健な立憲王党派の拠点として影響力を増す．**

1792年（26歳）　4月，オーストリアに対し宣戦布告．フランス革命を発端として新たなヨーロッパ的秩序を求める戦争は，ナポレオン帝政が崩壊する1815年まで23年間，短い中断を挟みながら継続する．5月頃からサン=キュロットの存在感が増し，議会と国王の亀裂が露わになる．8月10日，パリ市の蜂起コミューンが王権の停止を求め，13日，国王一家がタンプル塔に監禁される．9月21日，王政が廃止され「国民公会」による共和政に移行．**スタール夫人は身の危険を顧みず親しい貴族たちの亡命のために奔走．「9月虐殺」と呼ばれる9月初頭の騒擾のさなか，危機一髪のところでパリ脱出に成功する．11月20日，スイスで男児アルベールを出産（父親はナルボンヌ）．**

1793年（27歳）　1月初旬「国王裁判」が結審，21日，ルイ16世処刑．6月に採択された「1793年憲法」（ジャコバン憲法）は施行されず，「公安委員会」の牽引する「国民公会」においてジロンド派の粛正が加速してゆく．9月「恐怖政治《テロル》」の宣言を採択．**スタール夫人はナルボンヌに合流して，1**

月 20 日～5 月 25 日，イギリスに滞在．ロンドンの社交界では「この上なく過激で隠謀好きの民主主義者でテームズ河に火をつけかねない女」との評判をとる．9月初旬『王妃裁判についての省察』を刊行するが反響はない．10 月 16 日，マリー=アントワネット処刑．

1794 年（28 歳）　前年につづき革命裁判とギロチンがフル活動．7 月 27 日，ロベスピエール失脚（テルミドール 9 日の事件）．恐怖政治の終焉後，テルミドール派主導の国民公会は 1795 年 10 月 27 日までつづく（テルミドールの反動）．スイスに居を構えていたスタール夫人は，フランスから脱出した人びとを匿い，精力的に援助する．4月に『ズュルマ』発表．病身だったネッケル夫人が5月 15 日に死去．9月にバンジャマン・コンスタンと出遭って意気投合．年末にスイスで刊行した『ピット氏とフランス人に宛てた平和についての省察』（『平和についての省察』）は国外でも認知され，イギリス下院でピットの政敵フォックスにより引用される．

1795 年（29 歳）　5月『断片集』『フィクション試論』を刊行．同 26 日，知的盟友となったコンスタンとともに恐怖政治の衝撃から立ちなおりつつあるパリに帰還．ただちに「宣言文」をいくつかの新聞に掲載し，共和主義を選択する旨公表．パリ最高峰の「セレブ」として「黄金のサロン」を主宰．政局の変転に翻弄され中断しながらも，第一統領ナポレオン・ボナパルトに追放されるまで，スタール夫人は数年にわたりサロンの言論空間から世論に働きかける．7月下旬『国内平和についての省察』を印刷するが，中道路線の主張が王党派と共和派の急進的な両極から攻撃される危険を察知して，刊行を見合わせる．8 月「国民公会」において「1795 年憲法」が採択される．国民公会議員の3分の2を再選することを義務づけた政令に反撥した王党派が 10 月5日，スタール夫人の説得も空しく，パリで反乱を起こす．将軍ボナパルトが大砲により鎮圧（ヴァンデミエール事件）．10 月 27 日，総裁政府成立．スタール夫人は不穏な勢力にかかわったとみなされ，追放令を受ける．年末にスイスに戻り，その後1年以上とどまる．

1796 年（30 歳）　4月，総裁政府により，スタール夫人が国境を越えたら逮捕せよとの命令が下される．4 月，ボナパルトのイタリア遠征開始．赫々たる戦果を上げながら各地を転戦し，翌年

の夏，チザルピナ共和国を建国．コンスタンはパンフレット『フランスの現政府の力とこれに同盟すべき必要性について』を６月に，スタール夫人は『個人と諸国民の幸福に及ぼす情念の影響について』（『情念論』）を10月に発表．二人は今や知的活動と感情生活の両面で完璧な伴侶となっている．

1797年（31歳）　１月，スタール夫人は密かにスイスを出発，一足先にフランスにもどり足場を作っていたコンスタンのもとに身を寄せる．総裁政府の大物バラスが後ろ盾になり，５月にパリの旧スウェーデン大使館に帰還．６月８日，女児アルベルティーヌ出産（父親はコンスタン）．６月，スタール夫人が助力して亡命先アメリカからの帰国を許されたタレイランが外務大臣となる．12月６日，タレイラン邸のパーティーで，スタール夫人と将軍ボナパルトが初めて対面し，二人の会話は伝説となる．

1798年（32歳）　スタール夫人はコペ，パリ，そしてパリ近郊サン=トゥアンの別荘などを拠点として生活．堂々たる政治論『革命を終結させうる現在の状況とフランスで共和政の基礎となるべき諸原理について』（『革命を終結させうる現在の状況』）をほぼ完成させるが，草稿は筐底に眠り20世紀まで人目に触れることはない．年末より『文学論』に着手．ボナパルトは５月からエジプト遠征軍の司令官として地中海をわたり，カイロからシリアなどを転戦．

1799年（33歳）　11月９日，ボナパルトによる「ブリュメール18日のクーデタ」の当日，スタール夫人はコンスタンとともにパリに帰還．12月，新憲法が制定され，統領政府成立．シエースの力添えでコンスタンは護民院に任命される．

1800年（34歳）　１月５日，コンスタン，護民院における初舞台の演説で第一統領ナポレオンの逆鱗にふれる．４月下旬に刊行された『文学論』に対して賛否両論の反響が寄せられる．５月中旬から10月中旬までコペに滞在．『デルフィーヌ』の執筆を開始．ドイツ語を学び始める．11月中旬，批判に応えた改訂版『文学論』を刊行．当時は無名の著述家だったシャトーブリアンが，この再版に対し辛辣な書評を寄せ，一躍注目を浴びる．シャトーブリアンとスタール夫人はまもなく和解し生涯の友人となる．

1801年（35歳）　スタール夫人はコペとパリに滞在し執筆をつづける．第一

統領，革命で打撃を受けたカトリック教会との和解をめざしてローマ教皇庁と交渉．7月中旬に「コンコルダート」（政教条約）調印．

1802年（36歳）　1月，護民院の一部改選が行われ，第一統領の介入によりコンスタンは排除される．4月18日，外交条約コンコルダートと付随する国内法の議会承認を祝賀するミサが，ノートル=ダム寺院で行われる．その4日前に刊行されたシャトーブリアンの『キリスト教精髄』がベストセラーに．カトリック信仰復興の気運はめざましい．この年，ナポレオンは民法典の編纂にとり組むかたわら，公教育を整備し，レジオン・ドヌール勲章を設けるなど着々と新体制を固め，8月「終身統領」となる．**病気治療のためコペをめざしていたスタール男爵は旅の途中で，5月8日夜，スタール夫人に看取られて死去．スタール夫人は11月から翌年の7月までスイスに滞在．12月中旬『デルフィーヌ』刊行．**

1803年（37歳）　**『デルフィーヌ』の結婚制度にかかわる問題提起とカトリック批判が第一統領ナポレオンにより反体制的とみなされ，2月10日，スタール夫人はパリに入ることを禁じられる．9月中旬，スタール夫人は密かにフランス国内に戻るが，10月15日，第一統領による国外追放の命令が届く．10月23日，意を決してコンスタンとともにドイツに向かう．12月14日から翌年2月29日までヴァイマル滞在．宮廷で歓迎され，ゲーテ，シラー，ヴィーラントなどと交流．**

1804年（38歳）　**3月1日，ヴァイマルを出発，ライプツィヒを経て3月8日から4月19日までベルリンに滞在し，宮廷やサロンに出入り．作家として名をなしていたアウグスト・ヴィルヘルム・シュレーゲルを説得して家庭教師になってもらう．ネッケル危篤の報せを受けたスタール夫人は急遽コペに向かうが，途中ヴァイマルで，最愛の父が4月9日に死去していたことを知る．5月19日，コペに戻る．実務能力を発揮してネッケルの莫大な遺産を確認し，父の遺稿に序文を付して追悼し，秋に出版．12月，シュレーゲルと子供たちをともないイタリア旅行に出発．トリノ，ミラノ，ローマ，ナポリ，フィレンツェ，ヴェネツィアなどの名所旧跡や景勝地を巡る．現地では社交も怠らず，ヴィルヘルム・フォン・フンボルトなど旧知の知識人と再会，コペの常連でもあるイタリア通のシスモンディなど一流の案内役**

を得てイタリアの歴史と文化を精力的に学ぶ.
この年の3月21日，第一統領は王位継承権をもつダンギアン公爵を拉致して処刑．スタール夫人はベルリンで事件を知り，衝撃を受ける．5月18日，元老院令によりナポレオン1世が誕生し，帝政に移行．12月2日，パリのノートル＝ダム寺院で教皇ピウス7世臨席のもと新皇帝の戴冠式と聖別が行われる．

1805年（39歳）　5月，ナポレオンはイタリア王となりミラノで聖別式に臨む．スタール夫人は，その直後にミラノを再訪し，6月下旬，イタリア旅行を終えてコペに帰還．『コリンヌまたはイタリア』執筆開始．8月，シャトーブリアンがコペを訪問．戯曲『砂漠のアガール』を創作，この年の冬から身内で演じる舞台熱が高まり，ヴォルテール，ラシーヌなども演目となる．

1806年（40歳）　4月下旬，密かにフランス国内にもどり，オセール，ルーアンなどに滞在．コンスタン『アドルフ』の執筆開始．この頃から二人は激しい衝突と束の間の和解をくり返す．

1807年（41歳）　スタール夫人の国内滞在を知ったナポレオンが苛立つ．4月下旬，スタール夫人がコペに向けて発ったのとほぼ同時に『コリンヌ』が刊行され，大評判となる．コペで友人たちと賑やかな夏．シスモンディやシュレーゲルもそれぞれ著作を発表．スタール夫人は戯曲『ジュヌヴィエーヴ・ド・ブラバン』を執筆し，演劇に熱中．12月4日，ウィーンに向けて出発．

1808年（42歳）　ウィーンの宮廷で丁重にもてなされ，5月22日まで滞在．ヴァイマルを経由して7月初旬コペに戻り，『ドイツ論』の執筆開始．

1809年（43歳）　5月，コンスタンの秘密結婚が発覚し，嵐のような三角関係がつづく．コペの城館は来客繁く，ときに滞在者は30名．ヨーロッパの自由主義勢力の拠り所，ナポレオンにとっては思想的な「武器庫」となっていた．

1810年（44歳）　4月，スタール夫人は密かにフランス国内に入り，一族郎党を引きつれてロワール川沿いの知人の城館に滞在．遠来の客や地元の招待で賑やかな夏．夫人が外出すれば人だかりができたという．9月，検閲を経た『ドイツ論』を印刷製本．同24日，ナポレオンの指示により，24時間以内に国外退去し，『ドイツ論』の草稿と校正刷りを提出せよと

の命令を，警察大臣ロヴィゴがスタール夫人に伝達．10月６日，スタール夫人はコペに向けて出発．『ドイツ論』は同 14 ～ 15 日に断裁された．ジュネーヴで青年士官ジョン・ロカと出遭う．

1811 年（45 歳） ナポレオンによる迫害が本格化．ロヴィゴの配下が知事としてジュネーヴに赴任．コペの城館も厳しく監視され，忠実なシュレーゲルはじめ長年の友人たちがスタール夫人との交友を理由に追放処分となる．『追放十年』『自殺論』の執筆開始．

1812 年（46 歳） ４月７日，コペで男児を秘密出産（父親はジョン・ロカ）．５月 23 日，コペを脱出，ウィーン，モスクワ，サンクトペテルブルク，ストックホルム経由でイギリスをめざす．８月２日，モスクワに到着．同 13 日から９月７日までサンクトペテルブルクに滞在．皇帝アレクサンドル１世に二度にわたり拝謁．この間，ロシア皇帝はスウェーデンの王太子ベルナドットと会談し，イギリスを同盟国とする反ナポレオン勢力の結束を固めている．９月 24 日，ストックホルムに到着したスタール夫人は，モスクワ炎上を知る．安全が確保されたところで『フランス革命についての考察』の執筆開始．

1813 年（47 歳） １月，完成した『自殺論』を旧知の間柄である王太子ベルナドットに献呈．６月 18 日，ロンドン到着．スウェーデン軍に入隊した次男アルベールが決闘で落命したとの報せが届く．コペから持ちだした草稿や校正刷りをもとに刊行した『ドイツ論』は数日で売り切れる．ナポレオン帝政の崩壊を視野に入れた国際政治の舞台で，スタール夫人の存在感が増してゆく．

1814 年（48 歳） ４月６日，ナポレオン，退位宣言に署名．５月 12 日，スタール夫人はパリに帰還して，ルイ 18 世を擁する復古王政と和解．夫人のサロンには諸国の王族，政治家，軍人が詰めかけた．７月 19 日から９月 30 日まで滞在したコペでも華やかな社交生活．この時期，父ネッケルの提唱していた「黒人奴隷貿易廃止」の活動に精力的にとりくみ，ウィーン会議に参加する君主や政治家に向けた公開書簡『パリに集結した君主たちへの呼びかけ』を発表．

1815 年（49 歳） ２月８日，ウィーン会議で「黒人奴隷貿易廃止」の宣言採択．３月，スタール夫人，ナポレオンがエルバ島を脱出し

たとの報せをパリで受け，コペに戻る．「百日天下」が潰えた10月中旬，ナポレオンはセント=ヘレナ島へ．

1816年（50歳）　1月，スタール夫人はジョン・ロカの病気治療とアルベルティーヌの結婚のためにイタリアに赴く．夏はコペに戻り，バイロン卿などと交わる．10月10日，ジョン・ロカと結婚し，4年前に生まれた子を認知．10月16日，パリへ．

1817年（51歳）　2月21日，パリの自宅で発作を起こし麻痺状態となる．革命記念日の7月14日に逝去．1818年には，比較的完成度の高い遺著『フランス革命について考察』が，1820年には未完の『追放十年』および『スタール夫人全集』が，息子オーギュストにより刊行された．

＊『評伝 スタール夫人と近代ヨーロッパ』（東京大学出版会，2016年）の「年譜」に加筆した．フランス革命から第一帝政にいたる出来事や重要人物たちの動静については，歴史的な意味より個人的な関係を優先し，ボナパルトが政権を奪取した時点でスタール夫人は政治の現場から排除されているため，1800年以降の記述は最小限に留めた．

著者略歴

フランス文学、ヨーロッパ地域文化研究。東京大学名誉教授。主要著書に、『恋愛小説のレトリック――『ボヴァリー夫人』を読む』（1998年）『ヨーロッパ文明批判序説――植民地・共和国・オリエンタリズム』（2003年）『近代ヨーロッパ宗教文化論――姦通小説・ナポレオン法典・政教分離』（2013年）『評伝 スタール夫人と近代ヨーロッパ――フランス革命とナポレオン独裁を生きぬいた自由主義の母』（いずれも東京大学出版会、2016年）、主要な訳書に、『いま読むペロー「昔話」』訳・解説（羽鳥書店、2013年）、マルグリット・デュラス『ヒロシマ・モナムール』（河出書房新社、2014年）。編著に、『論集 蓮實重彦』（羽鳥書店、2016年）など、共著に『〈淫靡さ〉について』（羽鳥書店、2017年）など。

政治に口出しする女はお嫌いですか？
スタール夫人の言論vs.ナポレオンの独裁　けいそうブックス

2018年12月20日　第１版第１刷発行

著　者　工《く》藤《どう》庸《よう》子《こ》

発行者　井村寿人

発行所　株式会社　勁《けい》草《そう》書房

112-0005　東京都文京区水道2-1-1　振替　00150-2-175253
（編集）電話　03-3815-5277／FAX　03-3814-6968
（営業）電話　03-3814-6861／FAX　03-3814-6854
堀内印刷所・松岳社

ISBN978-4-326-65417-8　　Printed in Japan

http://www.keisoshobo.co.jp